Guus Kuijer

Das Glück kommt wie ein Donnerschlag

omnibus

© Foto: Verlag Friedrich Oetinger

DER AUTOR

Guus Kuijer, 1942 in Amsterdam geboren, war zunächst Lehrer und ist seit 1973 freier Schriftsteller. Für seine Kinder- und Jugendbücher wurde er international vielfach ausgezeichnet, darunter mit dem Holländischen Staatspreis für sein Gesamtwerk. »Wir alle für immer zusammen«, der erste Band der Polleke-Bücher, wurde u.a. für den UNESCO-Preis für Kinder- und Jugendliteratur nominiert und mit dem Deutschen Jugendliteraturpreis ausgezeichnet.

Von Guus Kuijer ist bei OMNIBUS erschienen:

Wir alle für immer zusammen (21417)
Es gefällt mir auf der Welt (21418)

Guus Kuijer

Das Glück kommt wie ein Donnerschlag

Aus dem Niederländischen
von Sylke Hachmeister

Zeichnungen von Alice Hoogstad

omnibus

omnibus

OMNIBUS
ist der Taschenbuchverlag für Kinder
in der Verlagsgruppe Random House

FSC
Mix
Produktgruppe aus vorbildlich
bewirtschafteten Wäldern und
anderen kontrollierten Herkünften

Zert.-Nr. SGS-COC-1940
www.fsc.org
© 1996 Forest Stewardship Council

Verlagsgruppe Random House FSC-DEU-0100
Das FSC-zertifizierte Papier *Munken Print*
für Taschenbücher aus dem Omnibus Verlag
liefert Arctic Paper Munkedals AB, Schweden.

1. Auflage
Erstmals als OMNIBUS Taschenbuch Dezember 2006
Gesetzt nach den Regeln der Rechtschreibreform

Übersetzung: Sylke Hachmeister
Umschlagillustration: Katrin Engelking
Innenillustrationen: Alice Hoogstad
Umschlaggestaltung: Atelier Langenfass, Ismaning
he · Herstellung: CZ
Satz: Uhl + Massopust, Aalen
Druck und Bindung: GGP Media GmbH, Pößneck
ISBN-10: 3-570-21419-2
ISBN-13: 978-3-570-21419-0
Printed in Germany

www.omnibus-verlag.de

INHALT

ERSTES KAPITEL, IN DEM ES UM MEINEN GEBURTSTAG GEHT UND UM EINEN BÄREN, DER BESSER TRÖSTEN KANN ALS ICH

Heute ist der 7. September. Mein Geburtstag! Jetzt bin ich zwölf Jahre alt. Caro sagt, dass man dann kein Mädchen mehr ist, sondern eine junge Frau. So ein Witz! Ich bin immer noch ein Mädchen, genau wie gestern.

Ich hab ein Fahrrad gekriegt, gebraucht, das wirklich ein bisschen so aussieht, als ob es einer jungen Frau gehört. Vorne hat es einen Korb aus Metall. Da hab ich

Sub reingesetzt. Das sieht ziemlich toll aus. Seine Tatzen gucken raus. Ach, ich hab ja noch gar nicht gesagt, dass Sub mein Bär ist. Er heißt Sub, weil er früher immer »sub« gesagt hat. Eine Zeit lang fand ich es kindisch, mit Sub zu spielen. Jetzt nicht mehr. Ich nehme ihn wieder überallhin mit, genau wie früher.

Als ich ihn gekriegt hab, war ich vier. Ich hab gesagt: »Hallo, Bär«, und er sagte: »Sub.« Keine Ahnung, was das bedeutet. Sehr umfangreicher Bär? Schön und bärenstark? Ich weiß es nicht. Ich hab versucht, ihm meinen Namen beizubringen, Polleke, aber er konnte ihn nicht sagen. Wenn er es versuchte, hörte sich das so an: SUBsubsub. Er sang auch kleine Lieder, so wie dieses hier:

Sub sub, subbesubsub
Subbesubsub sub sub
Subbesubsub subbesubsub
Subbesubsub subbesub.

Jetzt sagt er nichts mehr.

Heute Morgen bin ich mit meinem neuen Fahrrad und Sub zur Schule gefahren. Und da ist was Lustiges passiert. Wir haben ein neues Mädchen in der Klasse. Sie heißt Consuelo und kommt aus Mexiko. Sie ist schon vierzehn. Sie kann noch kein Niederländisch. Consuelo ist wirklich eine junge Frau, obwohl sie kleiner ist als ich. Sie hat ein hellbraunes Gesicht mit ernsten Augen. Sie lacht fast nie.

Auf dem Schulhof stieg ich ab. Alle sahen sich mein neues Fahrrad an. Caro sagte: »So eins will ich auch«, weil Rot ihre Lieblingsfarbe ist. »Aber ein neues«, sagte sie dann. Caro ist manchmal eine richtig blöde Gans.

Consuelo guckte das Rad nicht an. Sie kann nämlich noch nicht mal Rad fahren. Sie guckte Sub an. Nur Sub, sonst nichts. Als ob sie verzaubert wäre. Sie sagte so was wie »sietomijo« und strich Sub mit einem Finger über die Nase. Dann sah sie mich flehend an. Ich wusste sofort, was sie wollte. »Sí«, sagte ich, das heißt nämlich »ja« auf Spanisch. Da nahm Consuelo Sub aus dem Korb, ganz vorsichtig, als hätte sie Angst, ihm wehzutun. Sie drückte sein Gesicht an ihre Wange. »Sietomijo«, sagte sie wieder.

Consuelo ist vierzehn, sie hat schon einen Busen und sie spielt noch mit einem Bären!

Ich hoffte, Sub würde sub sagen, aber er sagte nichts. (Glaubt bloß nicht, ich wüsste nicht, dass Teddybären nicht sprechen können. Ich bin ja nicht bescheuert! Aber als ich vier war, hat er sub gesagt. Echt wahr!)

Lehrer Walter kann Spanisch! Nicht schlecht, was? Er wusste, was »sietomijo« heißt. Er hat es an die Tafel geschrieben. »Osito mío.« Das bedeutet: »Mein Bärchen.« Natürlich ist Sub *mein* Bär, aber das macht nichts. Consuelo hatte ihn den ganzen Tag auf dem Schoß. Und in der Pause trug sie ihn im Arm.

»Lass sie mal, Polleke«, sagte der Lehrer. Aber das brauchte er nicht zu sagen. Consuelo darf alles. Der Lehrer hat erzählt, dass Consuelo und ihre Mutter und Consuelos drei kleine Brüder vor einem Krieg geflüchtet sind. Und dass Consuelo noch andere schlimme Sachen erlebt hat. Das muss man sich mal vorstellen! Ich wusste noch nicht mal, dass in Mexiko Krieg ist. Manchmal kommt es mir so vor, als wär *überall* Krieg, nur hier nicht.

Am Ende des Schultags gab Consuelo mir Sub zurück. Einen Moment dachte ich: Sie darf ihn behalten. Aber das fand ich dann doch ein bisschen zu viel.

Wisst ihr, wer zu meinem Geburtstag gekommen ist? Caro, Mimun und Consuelo. Von Caro hab ich die neue CD von den Sexy Things gekriegt: »Do me baby, do me now.« Mimun wollte eigentlich nur sein Geschenk abgeben, aber ich hab ihn ins Haus gezogen. Er hat mir ein Kamel mit einem Blinklicht auf dem Rücken geschenkt, aus Marokko. Von Consuelo

hab ich nichts gekriegt, weil sie nicht wusste, dass ich Geburtstag hatte, aber das war nicht schlimm. Sie saß mit Sub auf dem Schoß da, und sonst hat sie wenig gemacht, denn sie hat natürlich kein Wort verstanden!

Als Caro und ich zu der Musik von den Sexy Things tanzten, ging Mimun nach Hause. Er sagte, er hätte noch was vor. Consuelo guckte uns beim Tanzen zu, aber sie machte nicht mit. Ab und zu sagte sie was zu Sub.

Ich fand, dass Consuelo Niederländisch lernen sollte. Also hörte ich auf zu tanzen. Ich zeigte auf Sub und sagte: »Bär.«

Consuelo sah mich an, aber sie sagte keinen Ton.

»Jetzt du sagen Bär«, sagte ich.

Consuelo sagte etwas, aber das konnte ich nicht verstehen.

»BÄR«, rief ich. Ich zeigte wieder auf Sub. »Sag schon. BÄR.«

Consuelo lächelte mich an, aber es kam kein Ton.

»Du machst es falsch«, sagte Caro. »Du musst mit uns anfangen.« Sie stach sich mit dem Zeigefinger in die Brust. »Caro«, sagte sie.

»Caro?«, fragte Consuelo.

»Ja!«, rief Caro. Sie stach wieder mit dem Zeigefinger. »Caro.«

»Caro«, sagte Consuelo.

Jetzt ich. »Polleke.«

Das fand sie schwierig. Sie sagte zwar etwas, aber es hörte sich nach nichts an. Da schrieb ich meinen Namen auf einen Zettel. Sie las und sagte: »Poljäkä«, aber es musste natürlich Pollökö heißen.

»Ich Pollökö«, sagte ich. »Sie Caro.« Ich zeigte auf Caro. »Du Consuelo.«

»Sí«, sagte Consuelo. Sie zeigte auf mich. »Poljäkä.« Sie zeigte auf Caro. »Caro.« Sie zeigte auf sich selbst. »Consuelo.«

»Gut!«, riefen Caro und ich.

Dann zeigte ich auf Sub. »Bär«, sagte ich.

»Bir«, sagte Consuelo.

»Gut!«, riefen wir wieder. Denn Bir klang ja schon ein bisschen wie Bär.

»Und jetzt: Wie heißt deine Mutter?«, fragte Caro.

»Mmmu?«, fragte Consuelo.

»Sí«, sagte ich. »Mama.«

»Ah! Mamma!«, sagte Consuelo. »Esperanza.«

»Wie?«, fragte ich.

»Esperanza«, sagte Consuelo.

Das war ein schöner Name.

»Und dein Papa?«, fragte Caro.

»Bist du blöd?«, zischte ich Caro zu. Ich war ein bisschen erschrocken. Ihr Vater war ganz allein in Mexiko! Das war so traurig, danach konnte man doch nicht fragen!

Aber Consuelo lächelte und sagte: »Rafael.«

Noch so ein schöner Name.

Dann zeigten wir ihr alles im Zimmer. »Tisch. Stuhl. Uhr. Lampe. Fernseher. Gardinen. Wäscheständer. Dosenöffner. Kartoffelschalenkorb.« Das war witzig, weil Consuelo alles ganz komisch aussprach. Und bei Kartoffelschalenkorb hielt sie sich die Hand vor den Mund und kicherte.

»Was ist an Kartoffelschalenkorb so witzig?«, fragte Caro.

Das wusste ich nicht, aber ich fing auch an zu kichern, weil Consuelo so lustig aussah. Genau wie sie hielt ich mir die Hand vor den Mund. »Kartoffelschalenkorb, hihihihi!«

Und da fing Caro auch an. »Kartoffelschalenkorb, hihihihi.«

Wir konnten uns nicht mehr einkriegen, so witzig war es.

Der Lehrer kam natürlich auch, weil er noch immer total in meine Mutter verliebt ist.

Er sagte: »Liebe Polleke, du bekommst zu deinem Geburtstag einen Auftrag von mir. Hier.« Er gab mir ein Päckchen, das aussah wie ein Buch. Es war auch ein Buch, das wusste ich genau.

»Bevor du es auspackst«, sagte der Lehrer, »bekommst du deinen Auftrag. Und der gilt auch für dich, Caro. Ihr müsst Consuelo Niederländisch beibringen. Und zwar innerhalb von drei Monaten. Wenn das nicht klappt, könnt ihr was erleben. Und jetzt pack aus.«

Es war ein Wörterbuch. »Niederländisch-Spanisch, Spanisch-Niederländisch«, stand darauf.

»Pass auf«, sagte der Lehrer. »Weißt du ein Wort, das du Consuelo beibringen willst?«

»Kartoffelschalenkorb«, sagte ich.

»Hä? Was?«, fragte der Lehrer. »Das ist nicht dein Ernst! Das ist doch viel zu schwierig!«

»Ach so«, sagte ich. Ich überlegte. »Fällt dir was ein, Caro?«

»Dass wir Freundinnen sind«, sagte Caro.

»Gut«, sagte der Lehrer. »Dann guckst du nach unter: Freundin.«

Ich schlug das Buch auf und fing an zu blättern. Ich war neugierig. Vielleicht konnten wir jetzt wirklich mit Consuelo reden! Aber ich konnte »Freundin« nirgends finden. Da standen bestimmt eine Million Wörter drin.

»Lass mich mal«, sagte Caro. Sie riss mir das Buch aus den Händen und blätterte wild darin herum, aber sie fand es auch nicht.

»Wie bitte?«, fragte der Lehrer erschrocken. »Wisst ihr nicht, wie man ein Wörterbuch benutzt?« Ich sagte lieber nicht, dass das fast niemand in unserer Klasse konnte. Er blätterte kurz, dann zeigte er mit dem Finger auf ein Wort. »Hier«, sagte er. Ich guckte. »Freundin«, stand da. Und daneben: »amiga«.

»Zeig's ihr mal«, sagte der Lehrer.

Ich ließ Consuelo das Wort lesen. Ihr Gesicht ging auf wie eine Blume. Sie lächelte ein breites, glückliches Lächeln. »Amiga«, sagte sie. »Sí.«

Sie hatte es verstanden! Das war toll! »Du musst noch mal erklären, wie das geht, Walter«, sagte ich. »Das will ich auch können.«

»Na gut«, sagte der Lehrer. »Pass genau auf. Es ist nicht schwer.«

Nach einer Stunde Üben konnten wir es, Caro und ich. Sooo super! Wir konnten mit Consuelo reden! Es war unglaublich.

Kartoffelschalenkorb stand nicht drin. Das war schade.

Caro schlug das Wort »Vater« nach und ich das Wort »wo«.

Consuelo las die spanischen Wörter, die daneben standen, und fing selbst an zu suchen. Sie konnte es noch nicht so gut. Nach einer Weile schrieb sie das Wort auf einen Zettel und wir schlugen es nach. Muerto, das bedeutet tot.

Ich bekam einen Riesenschreck. Tot! Mit zitternden Fingern blätterte ich in dem Wörterbuch. Warum?

Consuelo schrieb wieder etwas auf den Zettel. Bala, das bedeutet Kugel.

Das war wie ein Schlag in den Magen. Ich sah Consuelo an. Ich wusste nicht, welches Wort ich jetzt nachschlagen sollte. Ich hatte ein seltsames Gefühl im Bauch. Mein Vater ist weg, aber erschossen! Das war noch mal was ganz anderes. So was hatte ich noch nie gehört! Da wusste ich plötzlich, welches Wort ich suchen musste: Trost. Ich wollte Consuelo

trösten, das ist ja klar. Und wisst ihr, was ich gefunden habe? Trost heißt auf Spanisch consuelo. Als ich es ihr hinhielt, zeigte Consuelo auf sich selbst und sagte »Iech« und knuddelte Sub. Ich glaube, sie brauchte meinen Trost gar nicht. Sub konnte das viel besser.

Wir haben dann keine Wörter mehr nachgeschlagen. Wir haben meinen Geburtstag gefeiert. Aber ich musste immer an die Bala denken.

ZWEITES KAPITEL, IN DEM ES UMS VERLAUFEN GEHT UND DARUM, DASS MAN GOTT AUF DER STRASSE TRIFFT

Mimun ist anders als vor den Ferien. Wenn ich ihn frage, ob er mit zum Park kommt, sagt er, dass er nicht kann. Ich weiß nicht, was in den Ferien mit ihm passiert ist. In der Klasse starrt er vor sich hin. Er bekommt schlechte Noten.

Wenn das so weitergeht, mache ich Schluss. Aber ich warte noch ein bisschen. Vielleicht ist er mit dem Kopf in Marokko. Vielleicht braucht sein Kopf Zeit, um wieder in den Niederlanden anzukommen.

Ich lief ein bisschen in der Gegend rum, weil Caro mittwochnachmittags Ballett hat. Consuelo musste ihrer Mutter helfen. Wenn ich in der Gegend rumlaufe, bin ich immer auf der Suche nach Spiek, das ist mein Vater, falls ihr es noch nicht wisst. Aber ich suche nur ein bisschen, denn es bringt ja doch nichts.

An der Straßenecke stand eine Gruppe großer

Jungs. Da heißt es immer aufpassen. Denn große Jungs benehmen sich manchmal sooo blöd.

Ich ging an ihnen vorbei und sah sie an, ich hab nämlich überhaupt keine Angst vor denen.

»He, ist das nicht deine Freundin?«, rief einer.

Da sah ich Mimun. Er stand mitten in der Gruppe. Fast alle Jungs waren größer als er. Er sagte nichts, er sah mich nicht an.

Ich dachte: Ja, ich bin seine Freundin, aber nicht mehr lange, wenn er so weitermacht. Ich war sooo wütend. Zum Park kommen konnte er nicht. Aber was konnte er stattdessen? Ein bisschen mit den großen Jungs rumhängen!

Ich ging schnell weiter. Er sollte sich nicht einbilden, dass ich ihm nachlaufe!

Caro meint, dass Indianer nie Trost heißen. Sie heißen Gefiederte Schlange oder Schnell wie der Wind, so was in der Art.

»Consuelo ist bestimmt keine Indianerin«, sagte sie.

»Ich frag sie einfach«, sagte ich.

»Das kannste doch nicht machen!«, rief Caro.

Ich überlegte. Vielleicht hatte sie Recht. Einen Eskimo darf man nicht fragen, ob er ein Eskimo ist, weil Eskimo ein falsches Wort ist. Man darf nie jemanden Eskimo nennen oder Neger oder so. Das ist Rassismus. Vielleicht war Indianer auch ein falsches Wort. Man konnte nie wissen.

Ich wollte gern, dass Consuelo Indianerin ist. Das hört sich nämlich total cool an. Aber wie kann man jemanden fragen, ob er Indianer ist, ohne Indianer zu sagen?

Als wir Consuelo das nächste Mal Niederländisch beibrachten, schlug ich im Wörterbuch »Häuptling« nach. Alle Indianer haben einen Häuptling.

Consuelo schaute auf das Wort und rief: »Sí!«

Das brachte mich nicht viel weiter. Was meinte sie mit »ja«? Hatte sie einen Häuptling, oder wollte sie nur sagen, dass sie das Wort verstand?

Also schlug ich das Wort »Name« nach und setzte es vor »Häuptling«. Ich schrieb die beiden Wörter hintereinander auf einen Zettel: »nombre cacique«.

»Sí!«, rief Consuelo. »Er cheißt Rafael.« Das bedeutete: Er heißt Rafael.

»Aber das ist doch ihr Vater!«, sagte Caro. »Und der ist tot.«

Das stimmte.

»Vielleicht war ihr Vater Häuptling, bis er erschossen wurde«, sagte ich. »Kann doch sein, oder?«

»Sí«, sagte Consuelo.

»Stimmt das?«, fragte ich. »War dein Vater Häuptling?«

»Sí«, sagte Consuelo.

»Na, dann bist du Indianer«, sagte ich. »Wenn man einen Häuptling hat, ist man Indianer, ganz logisch.«

Ich war zufrieden, denn ich wollte schon immer eine Indianerin als Freundin haben.

»Jetzt hast du's doch gesagt, du Dussel«, flüsterte Caro.

»Was?«

»Du hast Indianer zu ihr gesagt.«

Ich merkte, wie ich rot wurde. Da hatte ich mich doch verplappert! Es ist sooo schwer, nicht rassistisch zu sein! Echt wahr.

Jetzt suchte Consuelo etwas im Wörterbuch. »Sí!«, rief sie. Sie zeigte auf ein Wort.

Wir guckten. »India«, stand da. Das bedeutet Indianer. Nein, Moment, es bedeutet Indianerin.

»Iech! Iech!« Sie zeigte auf sich und las das Wort. »Indiane*rrin*«, sagte sie.

Jetzt sagte sie es selbst! Caro und ich guckten uns an. Caro seufzte tief. »Ach du je«, sagte sie. »Nachher posaunt sie noch überall rum, dass sie Indianerin ist.«

»Vielleicht weiß sie nicht, was Rassismus ist«, sagte ich.

»Wir haben noch eine Menge zu tun«, sagte Caro besorgt.

Das stimmte. Wir finden es nicht schlimm, wenn einer Indianer ist, aber die Indianer vielleicht schon. Bei solchen Sachen muss man vorsichtig sein.

»Wir wissen nicht, wie es ist, in einem armen Land zu leben«, sagt meine Mutter.

»Benimmt sich Mimun deshalb so komisch?«, frage ich.

»Ich glaube, dass er einen Schreck gekriegt hat«, sagt meine Mutter. »Er wird jedes Jahr größer. Und jedes Jahr versteht er ein bisschen mehr.«

»Aber *was* versteht er denn?«, frage ich ungeduldig.

Meine Mutter seufzt. »Vielleicht versteht er, dass manche Leute in seinem Land meinen, sie hätten dort keine Zukunft. Vielleicht versteht er, dass sie alles tun würden, damit ihr Sohn oder ihre Tochter in die Niederlande gehen kann.«

»So wie dieses Mädchen«, sage ich.

»Ja«, sagt meine Mutter.

Das marokkanische Mädchen, das Mimun später heiratet.

»Vielleicht versteht er jetzt besser als früher, wie

wichtig es für ihre Eltern ist, dass sie später hierher kommen kann.«

»Sind sie denn so arm?«, frage ich. »Noch ärmer als wir?«

»Im Vergleich zu ihnen sind wir überhaupt nicht arm«, sagt meine Mutter.

Das muss es sein. Mimun will dem Mädchen bestimmt helfen, in die Niederlande zu kommen. In fünf oder sechs Jahren. Er wird sie heiraten, obwohl er sie nicht liebt. Obwohl er mich liebt. Ich kenne ihn. Er wird es sie nicht spüren lassen. Er wird sein Bestes geben. Wenn er mich sieht, wird er weggucken.

»Glaub mir«, sagt meine Mutter. »Irgendwas ist immer mit den Männern. Ganz bestimmt. Wenn es das nicht wäre, wäre es was anderes.«

»Consuelo«, sage ich. »Das bedeutet Trost.«

Sie nimmt mich in die Arme und wir sagen eine Weile nichts.

Endlich Post von Spiek! Ein Brief aus Nepal!

Liebe Polleke!
Hier kommt ein Brief von deinem Papa aus dem fernen Katmandu, der Hauptstadt von Nepal. Ich glaube, hier würde es dir gefallen, die Kühe liegen nämlich mitten auf der Straße und schlafen.
Ich werde ein anderer Mensch. Es ist, als würde es in meinem Kopf mit jedem Tag ein bisschen sauberer.

Es tut mir leid, dass ich es in Drenthe nicht länger als zwei Wochen aushalten konnte. Ich hoffe, du hattest trotzdem noch schöne Ferien. Du hast gut auf mich aufgepasst. Ich wollte schon viel früher weglaufen, aber du hast mich ja nicht aus den Augen gelassen. Dreimal habe ich heimlich meine Tasche gepackt und dreimal habe ich sie heimlich wieder ausgepackt. Dreimal habe ich versucht, mich nachts rauszuschleichen (mit leerer Tasche), dreimal hast du mich im Flur abgefangen.
Bis zu dem Tag, als du wach wurdest und ich doch entwischt war. Darüber warst du bestimmt traurig. Aber vielleicht hat mein Abschiedsbrief ein bisschen geholfen. Vielleicht hast du dir nicht mehr solche Sorgen gemacht, als du gemerkt hast, dass auch Ina verschwunden war.
In der Nacht bin ich nach unten geschlichen. Sie hatten mir gesagt, dass jeder freiwillig im »Zusammen-raus-zusammen-zu-Haus-Haus« ist. Dass jeder einfach gehen kann, wenn er will. Aber als ich an die Haustür kam, stand Ina plötzlich vor mir. Ich war zu Tode erschrocken. Einen Moment dachte ich, es wäre ein Geist, aber es war Ina. Sie fragte: »Wo willst du hin?«
Ich sagte: »Ich gehe weg.« Ich sagte einfach die Wahrheit.
»Willst du denn dein ganzes Leben ein alter Nichtsnutz bleiben?«, fragte sie.
Ich dachte: Bin ich das denn? Bin ich ein alter Nichtsnutz? Ja, dachte ich dann, ich bin ein alter Nichtsnutz. Will ich das bleiben? »Nein«, sagte ich. »Ich gehe weg, und wenn ich clean bin, komme ich zurück.«
Zu meiner Überraschung zog sich Ina eine Jacke an und

nahm einen Rucksack von der Garderobe. »Okay«, sagte sie. »Dann mal los.«
Kurz darauf gingen wir zusammen die Straße entlang. Es fuhren noch keine Busse. Wir sind nach Assen gegangen und dort in den Zug gestiegen.
Ina ist streng mit mir. Fast nichts darf ich. Ich darf noch nicht mal in der Nase popeln! Und ich kriege auch keine Küsse. »Ich knutsche nicht mit einem Junkie«, sagt sie. Himmelherrgott! So eine Frau habe ich noch nie erlebt! Ich habe schon gut einen Monat nichts mehr genommen und sie nennt mich immer noch einen Junkie! Sie bezahlt alles, aber sie notiert jeden Cent in einem Büchlein. Später muss ich ihr alles zurückzahlen.
Ina glaubt an alles Mögliche. An ein gesundes Leben. An Meditation. An innere Kraft. An Rohkost. Und »irgendwo« glaubt sie auch an mich, sagt sie. Ansonsten ist sie sehr vernünftig.
Die Menschen hier leben so anders als wir. Sie haben fast nichts, aber sie sind zufrieden. Ich glaube, dass sie keine Flausen im Kopf haben. Sie wollen keine großen Abenteuer erleben. Sie wollen ihre Arbeit so gut wie möglich machen, das ist alles. Ich möchte so gern sein wie sie. Ich will Ruhe in meinem Kopf.
Ich sehne mich sehr nach meiner lieben Polleke. Aber ich muss erst mit dem alten Nichtsnutz fertig werden. Ich will nicht mehr Spiek sein, sondern Gerrit, der Bauernsohn.
Grüßt du Oma und Opa von mir? Sag ihnen mal, dass man Gott in Katmandu noch auf der Straße trifft.
Liebe Grüße von deinem Papa

DRITTES KAPITEL ÜBER LUFT, WASSER, LICHT UND GESCHWINDIGKEIT

»In Katmandu trifft man Gott noch auf der Straße«, erzählte ich.

»Ach ja?«, fragte Opa. Wir saßen bei Oma und Opa auf dem Bauernhof am Tisch.

»Ich hatte mich schon gefragt: Wo steckt er bloß in letzter Zeit?«, sagte Oma mit einem Glitzern in den Augen. »Aber jetzt weiß ich es.«

»Gott ist überall«, sagte Opa streng.

»Das geht nicht, Opa«, sagte ich. »Keiner kann an zwei Orten gleichzeitig sein.«

»Keiner«, sagte Opa. »Außer Gott.«

Ich überlegte. Wie konnte Opa so was sagen? Das ging doch nicht! Selbst Luft konnte nicht überall gleichzeitig sein! In Nepal hatten sie eine andere Luft als wir in den Niederlanden.

»Genau wie die Luft«, sagte Opa. »Die ist auch überall gleichzeitig.«

Ich wollte schon den Mund aufmachen, aber ich hielt mich zurück.

»Ach so«, sagte ich.

Wir kauten auf unseren Butterbroten. Nichts und niemand kann an zwei Orten gleichzeitig sein, dachte ich. Aber ich sagte es nicht laut. Auch Wasser nicht. Denn Wasser im Kanal ist ganz anderes Wasser als Wasser im Meer. Mir konnte man nichts vormachen.

»Vielleicht haben sie in Nepal einen anderen Gott«, sagte ich.

»Das ist unmöglich«, sagte Opa. »Es gibt nur einen Einzigen.«

Nur einen?, dachte ich. Ist das nicht ein bisschen wenig für so viele Menschen? Aber ich sagte es nicht laut.

Wir kauten auf unseren Broten. Ich trank Buttermilch. Wie konnte Opa wissen, dass es nur einen Einzigen gibt, wenn er noch nie in Nepal gewesen war?

»Das glauben wir, Polleke«, sagte Oma. »Wie es genau ist, wissen wir auch nicht.«

»Doch«, sagte Opa. »Das wissen wir wohl, denn glauben ist dasselbe wie wissen.«

Oma kicherte. »Hör nicht auf Opa«, sagte sie. »Er spielt schon mal gern den Schlauberger, aber er meint es nicht böse.«

Klirrend ließ Opa sein Messer auf den Teller fallen, dann schluckte er schnell sein Stück Brot runter und sagte: »Aber ...«

»Schschsch«, machte Oma. »In diesem Haus, an diesem Tisch wissen wir nichts ganz genau«, sagte sie. »Jedenfalls wenn dir noch ein kleines bisschen an mir liegt.«

Opa klappte den Mund zu. Ich hörte, wie seine Zähne aufeinander schlugen. Dazu fiel ihm nichts mehr ein. Ich musste innerlich lachen, aber natürlich lachte ich nicht laut.

Auf der Straße knatterte Tom mit seinem Mofa vorbei. Ich hatte wohl Lust zu einer kleinen Tour, aber ich konnte nicht vom Tisch aufstehen. Oma und Opa waren noch lange nicht fertig mit Kauen.

Nach dem Essen lief ich sofort zum Hof von Bauer Kalverboer.

»Kommst du dein Kalb holen?«, fragte Tom. Sein Mofa stand hinter ihm an einer Mauer.

So eine dumme Frage! Natürlich kam ich mein Kalb holen. Was denn sonst?

»Oder sollen wir erst eine Runde fahren?«

Ich zuckte die Schultern. »Och nee«, sagte ich so gleichgültig wie möglich.

»Echt nicht?«, fragte Tom. »Willst du es mal probieren, wenn ich hintendrauf sitze?«

»Du meinst, dass ich lenke?«, fragte ich.

»Ja«, sagte Tom.

»Kann ich nicht«, sagte ich.

»Das bring ich dir schneller bei, als du gucken kannst«, sagte Tom.

»Und wenn die Polizei uns sieht?«

Tom lachte. »Hast du hier schon mal Polizei gesehen?«

Wir gingen zum Mofa. Tom schob es von der Mauer weg. Er klopfte mit der Hand auf den Sitz. »Setz dich drauf«, sagte er.

Ich stieg auf das Mofa. Es roch nach Benzin. Als ich den Lenker umfasste, fühlte ich fast schon meine Haare flattern. Ich konnte noch so gerade mit den Zehen den Boden berühren.

Tom fummelte ein bisschen am Mofa herum. »Starte mal«, sagte er dann und zeigte auf den kleinen Schlüssel.

Ich drehte den Schlüssel herum und der Motor knatterte los. Ich umklammerte den Lenker fest mit den Händen, aber zum Glück passierte nichts. Das Mofa blieb stehen.

»Hier ist die Gangschaltung«, sagte Tom. Er zeigte auf den rechten Griff. »Siehst du die Nummern? Jetzt drehst du den Griff mal auf eins.«

Ich merkte, dass Tom hinter mich auf den Sitz stieg. Er legte mir einen Arm um die Taille. Ich dachte noch: He, hallo, was soll das? Weg mit dem Arm! Aber als das Mofa mit einem Ruck losfuhr, war ich froh, dass er mich festhielt! Ich hatte ganz schön Angst. Tom ist ja schließlich auch erst vierzehn!

Töfftöfftöff knatterten wir über den Hof. Es ging so langsam, dass wir das Gleichgewicht nicht halten konnten. Tom stützte uns mit den Füßen. »Gut!«, rief er. »Jetzt drehst du auf zwei und gibst ein bisschen mehr Gas.«

»Nein!«, schrie ich.

»Doch!«, schrie er zurück.

Ich war selber erstaunt, dass ich gehorchte. Ich wollte es nicht und tat es doch. Ich gab Gas, und dann musste ich mich gut am Lenker festhalten, denn das Mofa machte einen Satz nach vorn.

»Auf den Weg da!«, schrie Tom mir ins Ohr. Ich fuhr auf einen schmalen hubbeligen Weg, der in die Felder führte. Das Mofa ruckelte und zuckelte. Ich musste fest am Lenker ziehen, damit er mir nicht aus den Händen glitt. Es ging gut! Ich hatte immer mehr Spaß daran.

Ich spürte Toms Gesicht an meinem Rücken. Es war ein komisches Gefühl. Als ob er ein bisschen Angst hätte. »Schneller?«, schrie ich.

»Nein!«, rief Tom. »So ist es schon gut.«

Ich kicherte. Ich hatte jetzt keine Angst mehr, aber er wohl. Ich gab noch ein bisschen mehr Gas und der Motor heulte auf.

»Nicht!«, schrie Tom. Er schlang noch einen Arm um meine Taille.

Witzig!, dachte ich. Total witzig! Dem coolen Typ werd ich's zeigen!

BRUMMMMMMMMM!, machte der Motor, und wir hüpften über die Hubbel wie ein Hoppelhase.

»NICHT SO SCHNELL!«, schrie Tom. »LASS DAS GAS LOS!«

So was Komisches! Er hatte wirklich Angst, ich merkte, wie er sich festkrallte.

Ich fuhr mitten durch die Schlaglöcher und raste über die Hubbel. Ich war spitzenmäßig. Ich war eigentlich so eine Art Mofachampion, der sich alles traute. Als wir wieder auf dem Bauernhof waren, schlotterten Tom die Beine. Ich mochte ihn auf einmal sehr gern. Fast hätte ich ihm einen Kuss gegeben. Aber natürlich tat ich das nicht. Ich lief zu meinem Kalb Polleke und gab ihr den Kuss, den ich loswerden musste.

Kann sein, dass Gott wie ein Mofa ist
so schnell, dass er immer zu sehen ist
und dass es scheint, als ob er in Frankreich
und zugleich
in Holland ist.

Doch Katmandu, tut mir ja leid
das ist dann selbst für Gott zu weit!

VIERTES KAPITEL ÜBER VERSTEHEN, ÜBER DAS GEFÜHL, EINE KÖNIGIN ZU SEIN, UND ÜBER NICHTVERSTEHEN

Endlich kriegte ich Mimun mal allein zu fassen. »Du bist berühmt in Marokko«, sagte er mit betrübter Miene.

»Was?«, fragte ich verblüfft.

»Das ganze Dorf redet über meine blonde Freundin aus Holland«, sagte er. »Und sie ziehen mich damit auf.«

»Was sagen sie denn?«, fragte ich.

»Sie sagen: Mimun macht später die Wäsche und fegt das Haus. Mimun bindet sich eine Schürze um!«

»Aha«, sagte ich. Ich verstand nicht ganz, was daran schlimm sein sollte.

»Mimun passt auf die Kinder auf und seine blonde Frau geht tanzen.«

Das hörte sich schon nicht mehr ganz so nett an. »Wie kommen sie denn darauf?«, fragte ich.

Mimun zuckte die Schultern.

»Wissen sie denn nicht, dass wir gar nicht heiraten werden?«, fragte ich.

»Das verstehen sie nicht«, sagte Mimun. »Da ist alles so anders. Alles. Das kannst du nicht verstehen.«

»Nein«, sagte ich. Denn das hatte meine Mutter ja auch schon gesagt. Ich nickte brav, aber eigentlich fällt es mir schwer zu glauben, dass ich etwas nicht verstehe. Ich verstehe immer alles. Echt wahr. Der Lehrer braucht mir die Sachen nur ein einziges Mal zu erklären.

»Ich kann nicht wissen, wie es ist, in einem armen Land zu leben«, plapperte ich meiner Mutter nach.

Ich sah, dass Mimun mich von der Seite anguckte, aber ich guckte nicht zurück.

»Du verstehst eine ganze Menge, Polleke«, sagte Mimun. »Viel mehr als ...« Er sprach den Satz nicht zu Ende. »Es ist alles so schwierig«, seufzte er. »Ich bin hier geboren, aber ich gehöre viel mehr zu ihnen als zu euch.«

Ich merkte, dass ich sauer wurde. »Red nicht so einen Quatsch, ja? Ich gehöre auch mehr zu uns als zu euch.«

»Ach ja?«, fragte Mimun.

»Ja, was dachtest du denn?«, rief ich. »Am meisten gehöre ich zu meinem Vater und meiner Mutter und meinem Opa und meiner Oma. Und dann erst kommen du und Caro und Consuelo!«

Es blieb lange Zeit still.

»Ist was?«, fragte ich.

»Nee«, sagte Mimun.

»Doch«, sagte ich. »Es ist was, aber du willst es nicht sagen.«

»Na gut«, sagte Mimun. »Ich sag dir, was es ist. Diesmal hast du überhaupt nicht verstanden, was ich sagen wollte, Polleke. Und ich kann's dir auch nicht erklären.« Er stand auf. Mit den Händen in den Taschen zog er ab.

Mimun ist ein lieber Junge, aber manchmal könnte ich ihm eine scheuern! Ach nein? Ich verstehe es nicht? Wie kommt es dann wohl, dass ich in der Schule immer alles verstehe, hm? Vielleicht willst du ja, dass ich es nicht verstehe, du Idiot! *Wenn du nicht aufpasst, mache ich Schluss, Blödmann!*

Das dachte ich, aber ich sagte nichts.

Als ich nach Hause komme, stehen da meine Mutter und Lehrer Walter Arm in Arm und erwarten mich. Das sieht vielleicht aus!

»Sagst du es oder sag ich es?«, fragt Walter.

»Du«, sagt meine Mutter.

»Gut«, sagt Walter. »Deine Mutter und ich haben beschlossen, jetzt doch zu heiraten. Und zwar im Dezember.«

Das finde ich sooo dämlich, ich könnte platzen. »Das finde ich ziemlich dumm«, schnauze ich, »ich glaube nämlich, ihr versteht euch nicht die Bohne.« Ich renne nach oben und lasse mich aufs Bett fallen.

Ich hab wirklich Recht. Echt wahr. Nichts als Streit zwischen den beiden. Davon kann einem schlecht werden! Warum wollen sie unbedingt heiraten? Man kann sich doch auch gern haben und *nicht* heiraten! Dieses Theater!

Aber es ist natürlich klar, dass es dabei nicht bleibt.

Kurz darauf: bum, bum, meine Mutter auf der Treppe. (Einundachtzig Kilo!) Bum, bum, meine Mutter klopft an meine Tür.

»Ja????«

»Was hast du?«

»Nichts«, sage ich.

»Warum bist du dann so fies zu uns?«

»Ich sag nur die Wahrheit.«

Einen Moment bleibt es still.

»Die Wahrheit kann mir gestohlen bleiben!«, ruft meine Mutter durch die Tür. »Ich will auch mal einen *normalen* Menschen heiraten.«

»So ein Blödsinn!«, schreie ich. »Du findest normale Menschen doch sterbenslangweilig.«

Wieder bleibt es einen Moment still.

»Ich hab's gern langweilig«, sagt meine Mutter. »Das ist das Alter, mein Schatz. Ich bin nicht mehr die Jüngste.«

Ich sage nichts mehr. Meine Mutter schafft es immer wieder. Ich komme nicht gegen sie an. Ich höre sie, bum, bum, die Treppe wieder runtergehen und denke: Warum stelle ich mich eigentlich so bescheuert an? Was bin ich doch für eine Zicke. Also gehe ich ihr nach.

»Wir machen ein großes Fest«, sagt Walter. Er guckt meine Mutter verliebt an.

»Dafür haben wir kein Geld«, sagt meine Mutter. Sie guckt verliebt zurück.

»Das macht nichts«, sagt Walter. »Meine Mutter will es bezahlen.«

Das darf nicht wahr sein! Wie kann er nur so was Dummes sagen?

»Kommt überhaupt nicht infrage«, blafft meine Mutter. »Wir sind keine kleinen Kinder mehr.«

»Was hat das denn damit zu tun?«, ruft Walter. »Sie will uns einfach nur helfen!«

»ICH BRAUCHE KEIN FEST, DAS WIR NICHT SELBST BEZAHLEN KÖNNEN!«, brüllt meine Mutter.

»Ma-am«, sage ich.

»WARUM KANN MAN MIT DIR NIE VERNÜNFTIG REDEN?«, schreit der Lehrer. »WARUM MUSST DU IMMER GLEICH SCHREIEN?«

Ich muss sie ablenken! Das ist die einzige Möglichkeit! Aber womit?

»Ach übrigens!«, rufe ich. »Wusstet ihr schon, dass ich ein Recht auf Euthanasie hab, jetzt wo ich zwölf bin?« Es wird beängstigend still.

Der Lehrer schüttelt den Kopf.

»Wusste ich nicht«, sagt meine Mutter. »Und ich bin dagegen, dass du das nur weißt.« Sie lässt sich aufs Sofa plumpsen.

»Na, da kannst du aber gar nichts machen«, sage ich. »Ich hab nämlich ein Recht darauf, auch wenn du dagegen bist.«

Dazu fällt ihr nichts mehr ein. Der Lehrer guckt mich verblüfft an. »Ja, ja, das hatten sie erst vor, Polleke, aber das kommt nicht durch.«

Mir doch egal, ob das durchkommt. Vielleicht wusste er noch nicht mal, dass ich das schwierige Wort kenne! Ich halte eine Zeit lang den Mund. Ich gehe in die Küche und hole ein Glas Wasser. Nicht weil ich Durst habe, sondern damit das Schweigen schön lange dauert. Geschieht ihnen recht! Sollen sie sich eben nicht so blöd benehmen. Erst als ich denke, dass sie es fast nicht mehr aushalten können, sage ich wieder was.

»Ihr könntet zum Beispiel kein großes Fest feiern und auch kein kleines Fest, sondern ein *ziemlich* großes Fest«, sage ich. »Das würde uns eine Menge Streiterei ersparen.«

Ich drehe mich um und schreite langsam aus dem Zimmer, wie eine Königin. Ich fühle mich *ziemlich* großartig. Manchmal weiß ich nicht, wie ich das mache. Ich schätze, es ist eine Art Talent.

»Leg Sub jetzt mal weg«, sagte ich zu Consuelo. »Zeig mal, wo Mexiko liegt.«

Mit dem Atlas vor uns saßen wir am Tisch.

»Mehiko«, sagte Consuelo. Sie ließ den Finger über der Karte schweben. »Mehiko«, sagte sie noch

mal. Ihr Finger begann zu kreisen, tiefer und tiefer, bis er schließlich mitten auf einer grünen Fläche landete. »Mehiko?«, fragte sie.

»Nein«, sagte ich. »Das ist Russland.«

»Oh«, sagte sie. »Wo? Da?« Ihr Finger landete irgendwo in Afrika.

Ich schüttelte den Kopf. Sie wusste es wirklich nicht.

»Guck«, sagte ich. »Hier sind die Niederlande.«

»So klein?«, fragte Consuelo erstaunt.

»Ja, klitzeklein«, sagte ich. »Guck, jetzt fliegen wir, übers Meer, siehst du? Nur Wasser, Wasser, Wasser …«

»Ja«, seufzte Consuelo. »Viel Wasser.«

»Der Ozean«, sagte ich. »Und wir fliegen und fliegen und fliegen immer weiter.«

»Ja«, sagte Consuelo. »Fliegen, fliegen, fliegen, viel lange fliegen.«

»Und dann, auf der anderen Seite des Ozeans, landen wir«, sagte ich. Ich flog mit der Hand durch die Luft und ließ sie langsam sinken. »Tiefer, tiefer, tiefer«, sagte ich. Und ich landete mit dem Finger in Mexiko. »Hier ist Mexiko!«

»Mehiko?«, fragte Consuelo.

»Ja«, sagte ich. »Aber du musst Mexieko sagen. Sag mal.«

»Mehiko«, sagte Consuelo.

»Nein!«, sagte ich. »Mexieko, Mexieko.«

Consuelo sah mich an und schüttelte ungläubig den Kopf. »Mehiko«, sagte sie und schaute wieder auf die Karte. »Auch so klein?«, fragte sie.

Sie maß Mexiko mit Daumen und Zeigefinger.

»Nein«, sagte ich. »Mexiko ist ganz groß. Guck mal die Niederlande an. Guck, klitzeklein. Und jetzt Mexiko. Siehst du? Ganz groß.«

Consuelo nahm Mexiko wieder zwischen Daumen und Zeigefinger. Sie hob die Hand. »So klein«, sagte sie.

Ich erschrak. Consuelo begriff nicht, was eine Landkarte war! Das machte mich ein bisschen kribbelig. »Nein«, sagte ich. »Mexiko ist ein *ganz* großes Land.«

Consuelo schüttelte den Kopf, dann nahm sie Sub und presste seinen Bauch an ihr Gesicht.

»Leg Sub doch mal weg!«, rief ich ungeduldig.

Ich nahm ihr den Bären aus den Händen und warf ihn auf den Boden. Sie konnte doch nicht seelenruhig mit Sub spielen, wenn sie nicht mal wusste, wo sie auf der Welt war!

»Noch mal«, sagte ich. »Wo sind die Niederlande?«

Ich wartete auf ihren Finger und der kam auch. Er schwebte über dem Atlantischen Ozean. Langsam flog er Richtung Europa und landete zitternd irgendwo in Frankreich. Zitternd? Warum zitterte ihr Finger? Ich schaute ihr ins Gesicht. »Gut?«, fragte Consuelo. »Nicht gut?«

Sie sah mich an. In ihren Augen war etwas, wovon mir schwummrig wurde. Ich hob Sub auf und drückte ihn ihr in die Arme.

»Fast gut«, sagte ich.

»Fertig?«, fragte sie.

»Ja«, sagte ich.

Sofort sprang sie von ihrem Stuhl auf und lief mit Sub zu dem Puppenwagen, den ich vom Dachboden geholt hatte.

Wollte Consuelo nicht wissen, wo sie war und woher sie kam?

Vielleicht verstehe ich ab und zu etwas doch nicht so ganz. Könnte ja sein.

Lieber Papa,
weißt du, was ich denke? Ich denke, dass Jungs ganz schön kompliziert sind. Das denke ich. Du zum Beispiel, du bist

total kompliziert. Und Mimun auch. Und Opa auch ein bisschen. Und der Lehrer. Ich denke, dass Jungs nicht wissen, was sie wollen. Was willst du jetzt? Willst du ein normaler Mann sein, der normale Sachen macht, oder nicht? Das weißt du nicht, was? Du hast solche Angst, dich zu langweilen, dass du lauter verrückte Sachen machst. So ist es doch, oder?
Ich mache übrigens auch ab und zu was Verrücktes, so wie vor kurzem, da bin ich mit einem Affenzahn Mofa gefahren. Aber nicht aus Langeweile. Ich langweile mich nie. Ich mache später auch nur schöne Sachen. Auf jeden Fall kaufe ich mir einen Computer. Ich glaub, einen Mann will ich nicht, aber Kinder wohl. Jedenfalls wenn es Mädchen sind, sonst will ich sie nicht haben (kleiner Scherz).
Und ich will einen Bauernhof haben. Vor kurzem hab ich im Fernsehen eine Bäuerin gesehen, die ganz allein einen Bauernhof hatte mit einem ganzen Haufen Kühe. Das geht also. Sie hatte zwar einen Mann gehabt, aber der war an Krebs gestorben. Irgendwas ist auch immer. Sie war heute noch traurig deswegen, so ein guter Mann war das gewesen. Aber ansonsten war sie sehr tapfer und sie hatte ein nettes Lachen. Vielleicht schreibt sie in ihrer Freizeit ja Gedichte über ihren Mann. Das würde ich an ihrer Stelle tun. Vielleicht sind Gedichte über einen Mann besser als ein Mann selbst. Kann doch sein. In sechs Jahren bin ich achtzehn, und dann kann ich machen, was ich will. Dann ziehe ich mit Kalb Polleke einen Bauernhof auf. Ich weiß, was ich will, aber das kommt daher, dass ich ein Mädchen bin und kein Junge. Mimun will mit mir gehen und auch wieder

nicht. Der Lehrer will Mama heiraten und eigentlich auch wieder nicht. Opa glaubt, dass es nur einen einzigen Gott gibt, aber wenn Oma böse wird, ist er sich nicht mehr so sicher. Ich hab gehört, dass manche Leute sich umwandeln lassen. Willst du nicht lieber eine Frau werden? Ist echt viel besser. (Aber mach es lieber doch nicht, ich hab lieber einen Mann als Vater.) Hab ich dir schon von Consuelo erzählt? Sie haben ihren Vater erschossen. (Schon wieder so was! Das gibt es nur bei Männern, dass sie erschossen werden!) Sie ist Indianerin aus Mexiko, aber sie weiß nicht, wo das ist. Sie weiß auch nicht, wo die Niederlande sind. Sie weiß überhaupt nicht, wo sie ist! Findest du das nicht schrecklich? Zum Glück ist sie verrückt nach Sub. So, tschüs dann!
Küsschen von Polleke

PS: Kommst du bald zurück? Ist kein Muss, aber auch nicht verboten. P.

FÜNFTES KAPITEL, IN DEM ES DARUM GEHT, DASS ICH NIRGENDS BIN

Ich ging die Straße entlang, ich war auf dem Weg irgendwohin. Ich weiß nicht mehr, wohin. Ich weiß nichts mehr, weil alles durcheinander ist.

Neben mir hielt ein Auto. Ein Mann machte die Tür auf und rief: »Hey, ich bin ein Kollege von deinem Vater.«

Ich blieb stehen und schaute ihn an. Der Mann sah besorgt aus. Ich dachte über das merkwürdige Wort »Kollege« nach. Ein Kollege von Spiek, dachte ich. Kollege. Kollege.

»Er hat einen schlimmen Unfall gehabt«, sagte der Mann. »Du musst mit zum Krankenhaus kommen. Steig ein.«

Unfall, dachte ich. Krankenhaus. Kollege.

Es war wie in einem Albtraum. Ich hörte etwas, was ich nicht verstand. Ich sah etwas, was ich nicht verstand. Aber es wirkte alles ganz echt.

»Komm«, sagte der Mann. »Steig ein.«

Ich war nicht ich. Ich war ein Mädchen in einem Albtraum. Das Mädchen konnte nicht denken. Es konnte nur tun, was gesagt wurde. Es stieg ein.

Die Wagentür schlug zu wie die Tür eines riesigen Kühlschranks. Wumm! Kalt. Eiskalt. Zittern vor Kälte.

Das Auto sauste los.

Da erst wachte ich auf. Ich dachte: Kollege. Ich dachte: Nepal.

Ich sah den Mann von der Seite an und wusste, dass ich nicht hätte einsteigen dürfen. Es war, als würde ich erfrieren. Ich zitterte, aber ich konnte mich nicht bewegen. Mein Mund war fest verschlossen.

Wir sausten durch die Stadt. Vor Ampeln blieben wir stehen und fuhren dann mit quietschenden Reifen wieder an.

»Wir müssen uns beeilen«, sagte der Mann.

Ich versuchte, den Mund zu bewegen. Ich musste etwas sagen. Ich wollte etwas sagen. Ich würde etwas sagen. Mein Mund war wie eine Muschel, die sich nicht öffnen ließ.

Mein Vater hat keine Kollegen, wollte ich sagen.

Und noch was.

Mein Vater ist in Nepal.

Das Auto hielt wieder vor einer Ampel.

Neben mir auf einem Fahrrad war eine Mutter mit einem kleinen Kind hintendrauf. Sie schaute mich an und lächelte. Ich merkte, wie ich auftaute. Ich bewegte den Mund. Jetzt würde ich etwas sagen. Ich wusste es genau. Ich guckte den Mann hinterm Steuer an. Er sah normal aus.

»Tust du Kindern weh?«, fragte ich.

Der Mann guckte zur Seite und lächelte. »Nein«, sagte er. »Wie kommst du denn darauf?«

»Mein Vater ist in Nepal«, sagte ich. »Und ich will hier raus.«

»Dein Vater liegt im Krankenhaus«, sagte der Mann. »Ich bring dich hin.«

Wieder kam eine Ampel. Wir hielten.

»Ich will hier raus«, sagte ich noch mal.

Das Auto stand vor der Ampel. Jetzt war niemand neben uns. Der Gehweg war weit weg.

»Warum?«, fragte der Mann. »Wir sind gleich da.«

Ich dachte: Er hört nicht zu. Ich dachte: Das ist jemand, der Worte nicht versteht.

»Lassen Sie mich raus«, sagte ich. »Ich gehe zu Fuß zum Krankenhaus.« Aber ich wusste, dass er mir nicht zuhörte.

»Nein«, sagte er ängstlich. Ich sah, wie ihm der Schweiß über die Stirn lief. »Und jetzt halt den Mund. Ich muss mich auf den Verkehr konzentrieren.«

Das Auto fuhr wieder an. Ich fühlte mich ganz klein. Ich hatte Lust, den Daumen in den Mund zu stecken. Ich dachte: Als ich klein war, was hab ich da noch mal gemacht, wenn sie mir nicht zugehört haben?

Ich schaute mich um. Ich war nirgendwo. Ich meine, ich erkannte nichts mehr wieder. Die Häuser und Straßen waren fremd.

Der Mann musste wieder abbremsen, weil wir in einer Autoschlange landeten. Er guckte nervös, ob er daran vorbeifahren könnte, aber das ging nicht. »Verdammte Scheiße«, sagte er. Ich dachte: Das sagt man nicht. Das Auto fuhr immer langsamer, bis es stehen blieb. Rechts von uns standen mehrere Radfahrer nebeneinander. Ich holte tief Luft und fing an zu schreien. So laut ich konnte. So hoch ich konnte. »IEIEIEIEIEIEIEIEIEIEIEIEIE!!!!«

Ich holte noch mal Luft und legte wieder los: »IEI-EIEIEIEIEIEIEIEIEIEIEIEIEIEIEIE!!!«

Ich guckte die Radfahrer an und sie guckten mich an. »IEIEIEIEIEIEIEIEIEIEIEIEIE!!!«

»HALT DIE KLAPPE!«, rief der Mann. Mit panischer Angst in den Augen sah er mich an.

»IEIEIEIEIEIEIEIEIEIEIEIEIEIEIEIEIE!!!«

Er legte mir die Hand auf den Mund und drückte zu. Ich roch etwas Ekliges, wovon mir schlecht wurde. »IEIEIEIEIEIEIEIEIEIEIEIEIE!!!«

Eine Frau stieg vom Rad ab und schaute ins Auto. Die Wagen vor uns fuhren wieder an.

Der Mann nahm seine Hand weg. »Okay, okay«, keuchte er. Er ließ seinen ekligen Arm über meinen Schoß zur Wagentür gleiten und stieß sie auf. Seine Haare kamen an mein Gesicht. »Steig aus, steig bitte aus.«

Ich sprang aus dem Wagen auf die Straße, mitten in die Radfahrer hinein. Die Wagentür schlug zu. Das Auto heulte auf und sauste davon. Ich sah, wie es ein paar andere Autos gefährlich überholte, dann war es weg. Ich spürte eine Hand auf meiner Schulter. »Was hast du?«

Ich schaute der Frau ins Gesicht, die ins Auto geguckt hatte.

»Der Mann …«, sagte ich. Dann fing ich an zu weinen.

Die Frau legte mir einen Arm um die Schultern. Ich dachte: Lass mich los. Und dann sofort: Halt mich fest. »Komm mit auf den Gehweg«, sagte sie.

Wir standen auf dem Gehweg. Die Frau fragte mich alles Mögliche, aber ich konnte nur weinen. Sie stellte ihr Rad ab. »Wo wohnst du?«, fragte sie.

Ich dachte: Wo wohne ich? Wo bin ich? Ich bin nirgends.

Die Frau nahm mich auf den Gepäckträger und brachte mich nach Hause. Ich weiß noch nicht mal, wie sie heißt. Ich weiß nicht, wie sie aussah. War sie jung oder alt? Dunkel oder blond? Ich weiß nur, dass ihr Fahrrad gequietscht hat. Sie hat mich vor der Haustür abgesetzt. Sie wollte mit meiner Mutter sprechen, aber die war nicht da. Die Frau musste weg, weil sie etwas vorhatte. Ich weiß nicht mehr, was. Dann war ich allein. In der Ferne sah ich Consuelo und lief auf sie zu. Ich warf mich in ihre Arme und fing wieder an zu weinen.

»Was ist? Was ist?«, fragte Consuelo. Sie drückte mich an sich und streichelte mein Haar.

»Karinjo«, sagte sie. »Karinjo mío.«

Ich dachte: Muss ich gleich nachschlagen, das Wort. Karinjo. Aber ich vergaß es.

Es dauerte lange, bis ich etwas sagen konnte.

»Ein Mann, ein Mann«, schluchzte ich. »Consuelo, ich bin sooo dumm! Sooo dumm!!!«

Eine Weile sagte Consuelo nichts. Sie hatte die Arme fest um mich geschlungen. Es drückte ein bisschen, aber das fand ich ganz schön.

»Du weißt, wo Mehiko ist«, sagte sie. »Du weißt, wo Niederlande ist.« Sie küsste mich auf die nassen Wangen. »Niecht dumm, über-aupt niecht dumm.«

Ich dachte: Ich weiß, wo Mexiko ist, ich weiß, wo die Niederlande sind, und seit heute weiß ich, wo Nirgends ist. Plötzlich war ich mir sicher, dass Consuelo dort auch gewesen war. Oder vielleicht war sie immer noch dort. Ich machte mich los und schaute sie an. Ich sah, dass auch sie weinte. Sie ging mit mir nach Hause. Wir setzten uns aufs Sofa. Consuelo setzte mir Sub auf den Schoß und dann warteten wir zusammen auf meine Mutter.

Mehr erzähle ich nicht davon. Nur dass meine Mutter zu Walter gesagt hat: »Ich schlafe heute Nacht bei Polleke.« Und dass Walter gesagt hat: »Klar.«

Klar! Das fand ich sooo lieb von ihm!

Im Bett legte Mama einen Arm um mich und ich legte einen Arm um Sub. So konnte mir nichts passieren.

Ich fragte: »Mam?«

»Ja?«

»Wie kommt es, dass Sub früher sub gesagt hat?«

Sie überlegte einen Augenblick. »Ich weiß nicht«, sagte sie dann. »Vielleicht konnten früher alle Teddybären sprechen.«

Teddybären dürften nie aufhören, was zu sagen
dann wüssten die Leute vielleicht von vornherein
dass es gut ist, weich zu sein
und viel zu klein, um Kindern Angst einzujagen.

SECHSTES KAPITEL ÜBER EINE STARKE INDIANERIN

Consuelo erzählte Caro ein bisschen, weil Caro meine beste Freundin ist. Caro sagte es ihrer Mutter. Ihre Mutter kam und fragte meine Mutter. Meine Mutter dachte, es wäre besser, alles zu erzählen. Caros Mutter erzählte es der ganzen Straße. Die ganze Straße erzählte es allen.

»Wie kann man nur so blöd sein?«, sagte Caro. »Man steigt doch nicht zu einem Fremden ins Auto!«

Ich hatte Lust, ihr eine zu scheuern, aber ich tat es nicht.

Stimmt das? Hat er dich angefasst?, fragte Mimun auf einem Zettel ohne »Liebe Polleke« darüber und ohne Namen darunter. Ich schrieb nicht zurück, weil ich fand, dass es ein bescheuerter Zettel war.

»Lasst Polleke mal ein bisschen in Ruhe«, sagte der Lehrer in der Klasse. Und dann guckten mich alle an.

Ich wäre am liebsten im Boden versunken und nie wieder aufgetaucht. In der Pause traute ich mich kaum auf den Schulhof, aber Consuelo fasste meine Hand und nahm mich mit. Hand in Hand standen wir auf dem Schulhof. Wenn jemand in unsere Nähe kam, sagte Consuelo: »Was?«

Und dann war die Antwort: »Ach, nichts.«

»Okay«, sagte Consuelo. »Dann geh weg.«

Auch Caro kam, aber ich hatte überhaupt keine Lust auf Caro und ihr Geschwätz. Ich drückte Consuelos Hand.

»Was?«, fragte Consuleo.

»Nur so«, sagte Caro.

»Okay«, sagte Consuelo. »Dann geh weg.«

»Ich wollte nur sagen …«, setzte Caro an.

»Weg, weg«, sagte Consuelo und wedelte mit der Hand.

Caro guckte traurig. Sie drehte sich um und ging weg. Ich glaube, sie hatte ihrer Mutter nachgeplappert und kapierte nicht, wieso ich sauer auf sie war.

Ich sah Consuelo an. Sie schaute sich aufmerksam um wie ein Soldat, der Wache steht. Ihr Gesicht war ernst und ihr Blick war hart. Aber ihre Hand war weich. Ich merkte, dass ich anfing, Consuelo sehr gern zu haben. Dass sie die allerbeste Freundin war, die ich je gehabt hatte.

»Ich dumm, was?«, fragte sie. »Caro nichts dürfen erzählen. Ich dumm.«

Ich seufzte. Alle fanden sich selbst unheimlich dumm. Das brachte nichts. Ich hörte meine Mutter sagen: »Der einzige Dummkopf in der Geschichte ist dieser Kerl, sonst niemand.«

»Du bist nicht dumm, ich bin nicht dumm und Caro ist nur eine Tratschtante, nichts weiter«, sagte ich. Ich sagte es sehr heftig, aber innendrin fühlte ich mich noch ganz genauso strohdumm. Und manchmal spürte ich widerliche Haare in meinem Gesicht kitzeln oder einen abscheulichen Arm über meinen Schoß gleiten. So ekelhaft! Ich legte den Kopf auf Consuelos Schulter. Das ging gut, weil sie kleiner ist als ich. Große, starke Indianerin, dachte ich. Es war mir jetzt egal, ob das Rassismus war oder nicht. Wer kann mir schon was tun, wenn ich eine Indianerin bei mir hab?

Meine Mutter und der Lehrer fanden, dass wir alles der Polizei erzählen müssten. Ich wollte nicht, aber weil ich Consuelo mitnehmen durfte, tat ich es doch.

»Willst du vielleicht beten?«, fragte Opa am Tisch.

»Nein, Opa«, sagte ich.

»Macht nichts«, sagte Oma.

»Nein«, sagte Opa. »Macht nichts.« Er faltete die Hände und machte die Augen zu. »Herr im Himmel«, sagte er. »Wir danken dir, dass Polleke wieder gesund aus dem Bus gestiegen ist.« Es blieb eine Weile still. Dann räusperte er sich. »Und dass du Polleke so unglaublich viel Klugheit und Vernunft gegeben hast, dass sie sich aus einer schrecklichen Gefahr zu befreien wusste. Du warst dabei, du hast es gesehen, du hast sie nicht im Stich gelassen. Du kannst dir nicht vorstellen, wie dankbar wir dir dafür sind. Amen.«

Ich machte die Augen auf und sah, dass Oma und Opa noch immer vorgebeugt und mit geschlossenen Augen dasaßen. Vielleicht beteten sie noch ein bisschen ohne Worte weiter. Ich wusste es nicht. Ich wartete ab.

Als sie endlich aufschauten, aßen wir. Es war ganz so, als wäre nichts passiert, und das war schön. Bei Oma und Opa verändert sich zum Glück nie etwas.

Kalb Polleke war schon fast so groß wie eine erwachsene Kuh. Als ich sie bürstete, wurde mein Arm lahm, so viel gab es da zu bürsten. Ich musste aufpassen, dass sie mir nicht aus Versehen auf die Zehen trat. Sie war so schwer, dass sie mir den Fuß hätte brechen können. Als sie dicht an meinem Ohr muhte, war das, als ob eine Sirene heulte. Aber sie benahm sich immer noch wie ein Kalb. Sie hatte keine Ahnung, wie groß und stark sie war. Verspielt stieß sie mit dem Kopf gegen meine Brust und – hoppla! – ich fiel sofort um. Verdutzt guckte sie zu mir runter. Was machst du denn da auf dem Boden?, dachte sie wohl. Ist das ein neues Spiel? Ich spürte einen merkwürdigen Schmerz in der Brust. Oder eigentlich in den Brustwarzen. Ich fuhr mit der Hand übers T-Shirt und fühlte, dass sie ein bisschen dicklich waren. Ich setzte mich auf. Was war das denn? Ich kriegte doch nicht etwa einen Busen? Ich merkte, dass ich rot wurde, und schaute mich schnell um. Zum Glück war niemand zu sehen.

Ich rappelte mich auf und lehnte mich an Kalb Polleke. Ich passte auf, dass sie mich nicht mehr mit dem Kopf stoßen konnte. Der Schmerz hielt lange an und wurde nur langsam schwächer. Ich hängte mich ein bisschen über Polleke. Ich fühlte noch mal. Waren sie wirklich ein bisschen dicker als früher oder war das nur Einbildung? Wollte ich, dass sie anfingen zu wachsen, oder wollte ich es noch nicht? Ich überlegte. Ich glaube, dass ich beides wollte. Oder keins von beidem. Oder so.

Ich hörte ein Mofa knattern und dachte: Wenn Tom es bloß nicht sieht! Ich schäme mich zu Tode. Ich guckte auf mein T-Shirt, doch ich sah nichts. Trotzdem hätte ich am liebsten eine Jacke übergezogen, aber ich hatte keine dabei. Tom kam auf den Hof gefahren. »Hallo, Polleke!«, rief er.

»Hi«, rief ich zurück. Ich dachte: Endlich einer, der nichts von dem Mann im Auto weiß! Ich zog mein T-Shirt aus der Hose, sodass es lockerer fiel. Tom stellte das Mofa ab und kam auf mich zu.

»Hi«, sagte er.

»Hi«, sagte ich wieder.

»Ich muss dir was sagen«, sagte Tom.

Ich sah, dass er aufgeregt war. Er guckte mich nicht an und kratzte sich mit der Hand im Nacken.

»Aha«, sagte ich.

»Ja«, sagte er. »Ich hab die ganze Woche darüber nachgedacht.«

»Aha«, sagte ich.

»Aber es ist schwierig«, sagte er.

»Wieso?«, fragte ich.

»Ich weiß nicht«, sagte er. »Es klingt verrückt, wenn ich es sage.«

»Na«, sagte ich, »dann sagst du's eben nicht.«

Er guckte mich schnell an und dann guckte er wieder auf den Boden. »Du hast Recht«, sagte er. »Vielleicht ist das besser.«

Bin ich blöd, dachte ich. Da platze ich fast vor Neugier und sage: Dann sagst du's eben nicht!

»Ich find aber nicht so schnell irgendwas verrückt«, sagte ich. »Ich sage selbst auch die verrücktesten Sachen.«

»Ja?«, fragte Tom.

»Ja, echt«, sagte ich.

»Was denn für Sachen?«, fragte Tom.

Oje! Was für Sachen? Ich versuchte, mir schnell was Verrücktes auszudenken, aber mir fiel nichts ein. »Also, zum Beispiel ...«, setzte ich an, obwohl ich immer noch nichts wusste. »Zum Beispiel ... Nee, das sag ich nicht, es ist zu verrückt.«

Tom nickte. »Manche Sachen sind echt zu verrückt, was?«, sagte er.

»Ja, echt«, sagte ich.

»In der Stadt sagen sie wohl viele verrückte Sachen, was?«, fragte er.

»O ja«, sagte ich, »total verrückte Sachen, den ganzen Tag.«

»Das dachte ich mir«, sagte Tom. »Die trauen sich viel mehr als ich. Ich traue mich nicht, was Verrücktes zu sagen.«

»Macht aber nichts«, sagte ich.

»Nein?«

»Nein«, sagte ich. »Macht nichts.« Ich hätte mich ohrfeigen können, denn ich war sooo neugierig!

»Dann geh ich mal wieder«, sagte Tom.

»Ach ja?«, fragte ich mit klopfendem Herzen.

»Ja? Oder soll ich lieber nicht?«, fragte Tom.

Ich zuckte die Schultern. »Ich weiß nicht. Wenn du wegwillst, musst du wohl gehen.«

»Willst du damit sagen, dass ich auch noch eine Weile bleiben kann?«, fragte er.

»Von mir aus«, sagte ich. »Musst du selber wissen.«

Tom nickte. »Na, ich denk, dann bleib ich noch ein bisschen, ja?«

»Okay«, sagte ich.

Da standen wir dann. Wir wussten nichts mehr zu sagen und das Schweigen wurde immer zäher.

»Polleke ist schön geworden, was?«, sagte er.

»Wie, was?«, fragte ich. Dann sah ich, dass er zu Kalb Polleke schaute. »Ja«, sagte ich schnell, »sehr schön.« Nicht rot werden!, dachte ich. Bitte nicht!

»Polleke wird die schönste Kuh der Welt«, sagte ich. »Sie wird noch schöner als Greetje.«

Tom ging um Polleke herum und klopfte ihr auf den Rücken. »Sie ist 'ne Brave«, sagte er.

Er legte den Ellbogen auf Pollekes Rücken und stützte den Kopf in die Hand. Man konnte sehen, dass er es gewohnt war, täglich mit Kühen umzugehen. Er war ein richtiger Bauer.

»Es gibt wenig Mädchen, die Kühe so gern haben wie du«, sagte er.

»Ja?«

»Und noch weniger, die sich so gut drum kümmern«, fuhr er fort. »Ich find, du bist eine richtige Bäuerin, genau wie deine Oma.«

»Ja«, sagte ich. Ich schaute ihn an. Es war alles sehr schön, was Tom sagte. Aber in meinem Kopf war eine kleine Stimme. Die sagte: Warum sagt er so nette Sachen? *Was will er von mir?* Und dann dachte ich: *Ich will nichts.*

»Ich geh mal rein«, sagte ich. »Oma mit den Äpfeln helfen.«

»Okay«, sagte Tom. »Dann bis dann.« Er ging zu seinem Mofa, stieg auf und fuhr weg.

Ich sah ihm nach. Schade, dachte ich. Jetzt weiß ich immer noch nicht, was er sagen wollte. Ich ging ins Haus. Ein bisschen Leid tat es mir doch, dass Tom so schnell wieder gefahren war.

Oma hat eine Maschine, mit der man Apfelsaft machen kann. Es ist eine Art Topf, aus dem ein kleiner Schlauch heraushängt. Man füllt die Äpfel oben rein, stellt den Topf aufs Feuer, und dann kommt der Apfelsaft aus dem Schlauch. Der Saft wird aus den Äpfeln gekocht. Sie müssen nicht geschält werden, aber klein schneiden muss man sie schon. Opa und Oma haben einen Obstgarten, in dem tausende von Äpfeln wachsen. Manche essen wir auf. Aus anderen macht Oma Apfelmus. Und aus wieder anderen macht sie Apfelsaft.

Oma und ich sitzen am Küchentisch. Wir schneiden die Äpfel in Stückchen. Ratsch, ratsch, ratsch geht Omas Messer. Sie ist viel schneller als ich. Sie schneidet bestimmt zehn Äpfel in der Minute.

»Er war so ein lieber Junge«, sagt Oma. »Ganz bestimmt.«

»Wer?«, frage ich, denn ich denke sofort an Tom.

»Dein Papa«, sagt Oma. »Gerrit. Richtig lieb. Durch und durch lieb.«

»Ach«, sage ich. Ich hab es gern, wenn Oma von Spiek erzählt. Aber dann darf ich nichts sagen, sonst hört sie auf.

»Weißt du, was er gut konnte?«, sagt Oma. »Puppentheater spielen. So schön war das! Dann kamen alle Kinder aus der Nachbarschaft. Die Puppen hatte er alle selbst gemacht. Und die Geschichten auch. Stundenlang ging das immer und alle Kinder waren mäuschenstill. So schön.«

Ratsch, ratsch, ratsch geht das Messer durch die Äpfel.

»Wie alt war er da?«, frage ich.

»Ungefähr zehn, elf, zwölf, in deinem Alter«, sagt Oma. »Aus allem hat er Puppen gebastelt. Aus Flaschen, Spülbürsten, äh, was noch? Aus Gartenhandschuhen. Und er hat mit mindestens sechs verschiedenen Stimmen gesprochen. Ich habe auch oft zugeguckt. Er konnte das so gut …«

»Weißt du noch eine Geschichte von dem Puppentheater?«, frage ich.

Oma überlegt. Eine Weile bewegt sich das Messer nicht. »Da war immer eine Prinzessin und ein Junge, der sie retten musste, glaube ich … und ein unheimliches Tier. Richtig spannend war das.«

Mir ist, als würde ich das alles kennen. Hat Spiek

für mich Puppentheater gespielt, als ich klein war? Ich weiß es nicht mehr, aber es kann gut sein.

Ratsch, ratsch, ratsch geht Omas Messer.

Sie erzählt nicht weiter. Ich schaue ihr ins Gesicht und weiß, dass sie an Spiek denkt. Ich denke: Vielleicht spielt er für die kleinen Kinder in Nepal Puppentheater.

Oma legt das Messer hin und sieht mich an. »Wenn du heute Nacht Angst hast, allein zu schlafen, kann ich bei dir schlafen«, sagt sie.

Das kommt so überraschend, dass ich sofort einen Kloß im Hals habe. Ich sage: »Ich hab keine Angst mehr.«

Aber meine Stimme piepst ein bisschen.

SIEBTES KAPITEL ÜBER BLONDE MÄDCHEN, EINEN RANKEN HALS UND EINE SURINAMISCHE POLIZISTIN

»Sie sagen, dass blonde Mädchen leichtgläubig sind und ein bisschen dumm«, sagte Mimun.

»Lächerlich«, sagte ich.

»Bescheuert«, sagte Caro.

»Ich weiß«, sagte Mimun. »Aber das sagen sie.«

»Das ist doch Rassismus«, sagte ich.

»Marokkaner sind total rassistisch«, sagte Caro.

»Hau einfach ab«, sagte ich.

»Warum?«, fragte Mimun.

»Hau ab, hau ab«, rief ich. »Ich will dich nicht mehr sehen! Du kannst deine rassistischen Sprüche bei deinen Kumpels ablassen!«

Ich sah, dass Mimun sich schämte. »Sie hänseln mich damit«, flüsterte er.

»ZISCH AB!«, schrie ich.

Mimun drehte sich um und ging weg. Ich konnte an seinem Rücken sehen, dass er sich mies fühlte.

»Gut gemacht«, sagte Caro.

»Halt du mal den Mund«, sagte ich. »Du bist mir auch keine Hilfe.«

»Na gut«, sagte Caro. Sie presste die Lippen zusammen.

Ich fühlte mich mies. Ich wollte nicht so ätzend sein, aber es war, als könnte ich nicht mehr anders. Hatte ich mich verändert oder hatten sie sich verändert?

»Ich sag nichts«, nuschelte Caro mit zusammengepressten Lippen.

»Und was höre ich dann?«, fragte ich.

»Mmmix«, nuschelte Caro.

Ich dachte: Ist das eine blöde Welt. Ich werde einfach Prinzessin und dann kommt Spiek und rettet mich. Wann? Jetzt! Aber er war weit und breit nicht zu sehen.

»Prinzessin wird man nicht, indem man zur Schule geht«, sagte meine Mutter. »Als Prinzessin muss man einfach nur geboren sein.«

»Ach so«, sagte ich. Wir waren allein, denn Walter war bei seiner Mutter.

»Ziehst du ein weißes Kleid an?«, fragte ich.

»Hä? Wieso soll ich ein weißes Kleid anziehen?«, fragte sie.

»Zu deiner Hochzeit natürlich«, sagte ich.

»O nein!«, rief meine Mutter.

Das finde ich ja so was von blöd! Wenn man nicht

in einem weißen Kleid heiratet, kann man's auch gleich ganz bleiben lassen. »Warum nicht?«, fragte ich.

»Darum nicht«, sagte sie. Sie machte irgendwas Kompliziertes mit Strom. An einer Lampe, aus der Drähte raushingen, mit kleinen Schräubchen, die man kaum sehen konnte. »Weißt du was?«, sagte sie. »Wir gehen zusammen Kleider aussuchen, eins für dich und eins für mich.«

»Gut«, sagte ich. »Dann nehm ich ein weißes.«

»Schön«, sagte sie, »dann denken alle, dass du die Braut bist.«

Ich überlegte. Ich war mir nicht sicher, ob ich das so gut fand. »Vielleicht nehm ich ein blaues«, sagte ich. »Ist es eigentlich schön, verheiratet zu sein?«

Mit einer winzigen Schraube zwischen den Lippen sah meine Mutter mich an. »Marte ma«, sagte sie. So klingt »Warte mal«, wenn man eine Schraube zwischen den Lippen hat. »Am Anfang war es schon nett mit Spiek«, sagte sie dann. »Ich find es schön, nicht allein im Bett zu liegen.«

»Wenn Walter nicht da ist, kannst du immer zu mir ins Bett kommen, wenn du willst«, sagte ich.

»Wirklich?«, fragte sie. »Das ist lieb von dir.«

»Ich lieg fast immer allein im Bett«, sagte ich. »Das macht nichts.«

»Du hast Sub«, sagte sie.

Das stimmte. Und … »Und Sub furzt nicht!«, rief ich.

Meine Mutter lachte. »Alles hat seine Vor- und Nachteile. Sub furzt nicht, aber er sagt auch nichts. Er sagt zum Beispiel nicht: ›Meine Schönste, wie liebreizend Ihr seid!‹«

»Huiiii! Hat Spiek das zu dir gesagt?«

»›Königin meines Herzens, darf ich deinen Rücken streicheln, darf ich deinen ranken Hals küssen …‹, so was sagt Sub nicht.«

»Deinen ranken Hals! Was ist das denn schon wieder?«

»Etwas sehr Schönes«, sagte meine Mutter.

Ja, es klang schön und es war spannend. »Was hast du dann geantwortet?«, fragte ich.

»Dann sagte ich: ›Aber sicher, mein Prinz, wenn du es gaaanz sanft machst und danach brav einschläfst.‹ Halt mal eben fest.« Sie reichte mir einen Draht. »Das hab ich natürlich nur so gesagt, denn ich wollte überhaupt nicht, dass er einschlief.«

»Aha«, sagte ich. Ich hoffte, sie würde noch mehr erzählen, aber sie sagte nichts. Sie setzte ihre Brille auf, damit sie besser schrauben konnte.

»Was wolltest du denn?«, fragte ich.

»Dass er sagte: ›Meine Liebste, wie kann ich einschlafen, ohne deine himmlischen Lippen geküsst zu haben?‹«

»Huiii!«, rief ich. »Und was hast du dann gemacht?«

»Ja, was denkst du?«, fragte sie. Sie setzte die Brille ab, denn die Lampe war fertig. Sie schaute mich an und spitzte die Lippen. »So hab ich gemacht.«

»Und dann?«

»Dann haben wir uns geküsst.«

»Und dann?«

»Dann sind wir eingeschlafen.«

»Jaja«, sagte ich. »Das glaub ich nicht.«

»Nein? Und was meinst du, was wir gemacht haben?«

Sie stand auf und ging mit der Lampe zu einer Steckdose.

»Zusammen geschlafen natürlich, das weiß ich doch!«

Sie steckte den Stecker in die Steckdose und PLOPP! Die Lampe machte einen Knall und der Strom fiel aus. Wir saßen im Dunkeln.

»Hihihi«, hörte ich meine Mutter kichern.

»Mam?«

»Ja?«

»Was ist das Liebste, was Spiek je zu dir gesagt hat?«

Ich hörte sie tastend in den Flur gehen, auf der Suche nach dem Sicherungskasten.

»Dass ich eine Gazelle bin«, sagte sie.

Der Sicherungskasten ging auf.

»Eine Gazelle? Das ist doch so ein dünnes, schnelles Tier, oder?«, rief ich.

Das Licht ging an.

»Du bist doch gar nicht dünn und schnell!«

Meine Mutter kam wieder ins Wohnzimmer und strich sich die Haare aus dem Gesicht. Sie lächelte. »Darum war es ja gerade so lieb«, sagte sie. »Ich bin nicht dünn und schnell, aber dafür wahnsinnig geschickt!«

Dann ließen wir uns beide aufs Sofa fallen und kicherten, bis wir Bauchschmerzen hatten.

Consuelo und ich sitzen am Tisch. Consuelo hat Sub auf dem Schoß. Ich habe die Weltkarte im Atlas aufgeschlagen. »Guck«, sage ich. »Das ist die Erde mit allen Ländern und allen Meeren, die es gibt.«

»Polißei Olland gut«, sagt Consuelo.

Erst weiß ich nicht, was sie gesagt hat. Ich sehe in ihr zufriedenes Gesicht. Dann wird mir plötzlich klar, wovon sie redet. »Ja«, sage ich. »Du hattest erst ein bisschen Angst vor der Polizei, was?«

So war es nämlich. Ich hatte Consuelo noch nie so ängstlich gesehen. Sie drückte meine Hand ganz fest, als wir auf die Polizeiwache gingen. Dabei hatte ich sie doch mitgenommen, weil sie mir helfen sollte! Zum Glück war meine Mutter auch dabei, sonst wären Consuelo und ich ganz schnell weggelaufen.

Mama hatte lange mit der Polizei telefoniert. Sie wussten genau, worum es ging und dass wir kommen würden. Wir wurden sofort in einen abgetrennten Raum geführt. Da saß eine junge Frau in einem normalen Kleid. Sie sah nicht aus wie eine Polizistin. Sie war freundlich und gab uns zuerst was zu trinken. Erst da hörte Consuelo auf, meine Hand zu drücken, und ließ sie los.

»Wovor hattest du denn solche Angst?«, frage ich.

»Ich Angst vor Polißei«, sagt Consuelo.

»Ja«, sage ich. »Das hab ich gemerkt. Aber warum?«

»Ich Indianer, darum«, sagt Consuelo.

Indianer? Ja, sie ist Indianerin, aber was hat das damit zu tun?

»Ich bin Marianela«, sagte die Polizistin. »Ich komme aus Surinam.«

Das brauchte sie nicht zu sagen, das hörte man sofort. Außerdem war sie schokoladenbraun.

»Und du?«, fragte sie Consuelo.

»Iech?«, fragte Consuelo erschrocken. »Iech

niechts, iech aus niergendwo.« Wenn Consuelo aufgeregt ist, macht sie ganz viele Fehler.

»Consuelo kommt aus Mexiko«, sagte meine Mutter.

»Und du bist hier geboren?«, fragte Marianela mich.

»Ja«, sagte ich.

»Du hast natürlich einen furchtbaren Schreck gekriegt«, sagte sie.

»Ja«, sagte ich.

»Du denkst, dass du selber schuld bist«, sagte sie. »Aber das stimmt nicht. Du hast dir Sorgen um deinen Vater gemacht, das ist ganz normal. Es war ein gemeiner Trick.«

Ich nickte. Es war der gemeinste Trick der Welt.

Dann fragte sie mich nach dem Auto. Welche Farbe es hatte, welche Marke es war. Aber ich wusste nichts. War es blau? Rot? Groß? Klein? Ach ja: »Am Spiegel hing ein kleiner Bär.«

Mehr wusste ich nicht.

Dann fragte sie nach dem Mann. War er groß? Klein? Bart? Schnauzer? Brille? Ich wusste nichts.

»War es ein Niederländer?«

»Nein«, sagte ich. Ich erschrak.

»Warum bist du erschrocken?«, fragte Marianela freundlich.

»Ich weiß nicht«, sagte ich, aber ich wusste genau, weshalb ich erschrocken war.

»Ein Ausländer?«

»Ja«, sagte ich.

»Woher weißt du das?«

Ich zuckte die Schultern.

»War er schwarz?«

»Nein.«

»Weißt du, aus welchem Land er kam?«

Ich sah meine Mutter an. Ich sah Consuelo an. Ja, ich wusste, aus welchem Land er kam. Als ich im Auto saß, hatte ich nicht darauf geachtet, aber jetzt wusste ich es.

»Wenn du es weißt, kannst du es ruhig sagen«, sagte meine Mutter.

Aber ich sagte es nicht. Ich dachte: Was spielt es für eine Rolle, woher er kommt? Ausländer kriegen sowieso schon an allem die Schuld. Ich bin keine Rassistin. Ich sag es nicht, ich sag es nicht.

»Du weißt es und willst es nicht sagen?«, fragte Marianela.

»Ich weiß es nicht«, log ich.

Eine Weile war es still. Ich fasste Consuelos Hand und drückte sie.

»Türke?«, fragte Marianela. »Marokkaner?«

»Nein, nein«, sagte ich.

Marianela lächelte. »Jetzt musst du mir mal gut zuhören, ja? Du bist ein liebes Mädchen, weißt du, aber du darfst es nicht übertreiben. Hast du Angst, dass du mich beleidigst, wenn du es sagst?«

Ich schüttelte den Kopf, aber ich wurde rot wie eine Tomate.

»Also, ich sag's dir nicht vor«, sagte Marianela. »Du musst es schon selbst sagen. Willst du es deiner Mutter ins Ohr flüstern?«

Ich nickte. Meine Mutter beugte sich zu mir herüber und ich flüsterte es ihr ins Ohr.

»Darf ich es laut sagen?«, fragte sie.

Ich nickte.

»Polleke sagt, dass er aus Surinam kam«, sagte sie.

»Aber er war nicht schwarz«, sagte ich.

»Du brauchst dich nicht zu schämen«, sagte Marianela. »Für gar nichts. Du kannst alles sagen.«

Ich nickte.

»War er schwarz?«

Ich schaute zu Boden, weil ich mich nicht traute, Marianela anzugucken. »Ein bisschen«, flüsterte ich. »Nur ein ganz kleines bisschen.«

Marianela tippte etwas in den Computer. »Wir werden diesem nur ein ganz kleines bisschen schwarzen Herrn eine ordentliche Lektion erteilen«, sagte sie.

»Ich hab keine Angst vor Polißei hier, gute Polißei«, sagt Consuelo.

»Ja«, sage ich. »Marianela war nett, was?«

Consuelo nickt.

»Weißt du, wo Marianela geboren ist?«, frage ich. »Hier.« Ich lasse den Finger über der Weltkarte schweben und lande mitten in Surinam.

»Nicht weit«, sagt Consuelo. »Nicht weit von Mehiko.«

Sie lässt den Finger über Surinam schweben und fliegt dann nach Mexiko.

»Du weißt, wo Mexiko liegt!«, rufe ich. »Super! Weißt du auch, wo die Niederlande sind?«

Consuelos Finger fliegt langsam über den Ozean und landet genau in den Niederlanden.

»Wow! Du lernst aber schnell!«

Consuelo sieht mich stolz an. Ich bin froh, dass sie weiß, wo sie ist. »Da kommst du her«, sage ich. »Und hier bist du jetzt.«

Ich bin froh, dass sie hier ist und nicht dort. Ich glaube, Consuelo findet es auch nicht mehr so schlimm.

Lieber Papa,
wie geht es dir? Um mich brauchst du dir keine Sorgen zu machen. Alles in Ordnung. Ich bin erst zwölf, was sollte da auch nicht in Ordnung sein? Ich hab keine Probleme. In den Niederlanden gibt es keine Erdbeben und keinen Krieg. Nur auf die Autos muss man hier aufpassen. Ich hab gelesen, dass es in Nepal hohe Berge gibt. Deutsche ertrinken in der Nordsee. Franzosen sterben an Drogen. Niederländer fallen von einem Berg. Also pass bitte auf. Du darfst nie nach unten gucken, dann fällt man nämlich erst recht. Und du musst aufpassen, ob auch keine Lawinen kommen. Du musst in die Hände klatschen, und wenn der Schnee dann ins Rutschen kommt, musst du verschwinden. Oder dich unter einen Felsen setzen. Gibt es in Nepal Lamas oder war das in Tibet? Ich hab gehört, dass das weise Männer sind,

die wissen, wie man leben soll. Also hör gut zu! Davon kannst du eine Menge lernen. Wenn ich später heirate, ich sage wenn, denn das weiß ich noch nicht, dann heirate ich in Weiß. Aber wenn der Mann mir nicht erlaubt, dass ich Sub mit ins Bett nehme, dann heirate ich bestimmt nicht! Weißt du, wie es kommt, dass Sub früher sub gesagt hat? Und dass er Lieder subben konnte? Er kann es nicht mehr, aber früher konnte er es. Er hat damit aufgehört, als ich ungefähr vier oder fünf war. Ich hab an seinem Bauch gefühlt, aber da sitzt kein Lautsprecher drin. Das verstehe ich nicht.
Küsschen,
Polleke

Als ich den Brief fertig habe, denke ich: Warum schreibe ich so kindisch? Es hat sich was verändert. Ich fühle mich nicht mehr wie ein Kind. Ich tue so, als ob. Warum? Mache ich das für Spiek?

Ich denke wieder an das, was Caro gesagt hat. Es stimmt. Ich bin eine junge Frau geworden. Letzte Woche war ich noch ein Mädchen, jetzt nicht mehr.

ACHTES KAPITEL ÜBER DEN UNTERSCHIED ZWISCHEN EINEM RÜCKSCHLAG UND EINEM NIEDERSCHLAG

Meine Mutter ist schon drei Wochen nicht zur Arbeit gegangen. Sie will mich nicht allein lassen. Sie arbeitet ehrenamtlich in einem Altenheim. In der ersten Woche fand ich es ganz toll, dass sie immer zu Hause war. In der zweiten Woche auch noch. Aber jetzt macht es mich allmählich etwas kribbelig. Immer die Mutter um sich zu haben, das ist auch nicht das Wahre.

Ich mache mich gern auf dem Sofa lang und träume ein bisschen vor mich hin. Oder ich lese. Oder ich denke mir ein Gedicht aus. Aber jetzt ist sie immer da. Sie hat den ganzen Tag allein zu Haus gesessen. Deshalb will sie quatschen. Ich war den ganzen Tag in der Schule. Ich will überhaupt nicht quatschen.

»Und? Wie war's in der Schule?«

»Okay.«

»Na komm schon, erzähl mal was!«

Versteht ihr? Das ist sooo anstrengend.

Deshalb hab ich heute gesagt: »Die alten Leute vermissen dich bestimmt, Mam.«

»Ja«, sagte sie, »aber ich kann noch nicht wieder hin.«

»Warum nicht?«

»Weil alle sagen, dass du einen *Rückschlag* bekommst. Und dann will ich bei dir sein.«

Das ist vielleicht was mit diesem Rückschlag! Der Arzt hat davon angefangen und alle plappern ihm nach. Keiner weiß, was ein Rückschlag ist, und trotzdem warten sie darauf. Hoffentlich kriege ich ihn ganz bald, dann können sich danach alle wieder normal benehmen. Aber wenn er nun überhaupt nicht kommt? Dann geht meine Mutter nie wieder zur Arbeit! Dann hört Walter nie auf, mich den ganzen Tag besorgt anzugucken. Dann schleimt Caro immer weiter bei mir rum, verdammt!!!!!! Wisst ihr, was Spiek machen würde, wenn er das hören würde? Er würde loslachen. Echt wahr. »Ihr könnt euch euren Rückschlag in den Hintern stecken!«, würde er rufen. Das weiß ich ganz genau! (Und dabei hab ich's noch fein ausgedrückt.)

»Wenn ich einen Rückschlag kriege, geh ich zu Consuelo«, sagte ich. Das hätte ich besser nicht gesagt. Meine Mutter guckte mich an wie ein … äh … habt ihr schon mal ein Marienbild gesehen? Sie guckte wie ein Marienbild. Sie sagte: »Consuelo ist nicht deine Mutter. ICH bin deine Mutter.«

Hui! Das klang ja, als hätte man sie schwer misshandelt. Also sagte ich: »Die einzige und liebste Mutter im ganzen Weltall, das bist du.«

»Gut«, sagte sie. »Dann erzähl mir mal, wie es in der Schule war.«

Ich seufzte tief. Jetzt ging das wieder los. Zum x-ten Mal in dieser Woche. Ich erzählte von spannendem Sprachunterricht und genialen Geschichtsstunden, bis es mir zu den Ohren rauskam. Und als ich fertig war, sagte ich: »Ich möchte noch mal zu Doktor Hiemstra.«

Ich sah, dass sie einen Schreck bekam. Bestimmt dachte sie: Oje, jetzt kommt der Rückschlag. »Natürlich, Polleke, dann gehen wir hin«, sagte sie, so ruhig sie konnte. »Soll ich gleich einen Termin vereinbaren?«

»In Ordnung«, sagte ich. Ich sah, dass sie sich Sorgen machte. Ich hatte Mitleid mit ihr, aber es musste sein.

»Aber, Mama …«, sagte ich.

»Ja?«

»Diesmal möchte ich gern allein hin.«

Eine Weile blieb es still. Ich fand es nicht schön für sie, aber so konnte es doch nicht weitergehen! Ich sah mich schon mein ganzes Leben auf einen Rückschlag warten.

»Das ist gut, mein Mädchen«, sagte sie. Mit rotem Kopf nahm sie den Telefonhörer und machte einen Termin aus.

Am nächsten Tag saß ich bei Doktor Hiemstra im Wartezimmer. Ich fühlte mich nicht ganz so tapfer, wie ich gedacht hatte. Was sollte ich zu ihm sagen? Herr Doktor, ich will diesen Rückschlag loswerden? Das ging ja wohl nicht. Das klang viel zu erwachsen. Es musste sich kindlicher anhören. Als ich reindurfte, wusste ich es immer noch nicht.

»So, Polleke«, sagte Doktor Hiemstra. »Wie geht es dir?«

»Gut«, sagte ich.

»Schreibst du immer noch Gedichte?«, fragte er, denn meine Mutter hatte ihm alles erzählt. Echt alles. Er weiß sogar, dass meine Brustwarzen ein bisschen empfindlich sind. Ich schäme mich zu Tode!

»Ja«, sagte ich.

»Kommst du in der Schule gut zurecht?«

»Ja.«

»Kannst du gut schlafen?«

Ich hätte am liebsten gesagt: »Wie ein totes Murmeltier, Doktor«, aber ich sagte nur: »Ja.«

»Das ist schön«, sagte der Doktor. Dann blieb es still. Ich scharrte ein bisschen mit den Schuhen auf dem Boden herum.

»Gibt es etwas, was du mir erzählen möchtest?«, fragte er.

»Ja«, sagte ich. Wie? Wie? Wie?, pochte es in meinem Kopf. Worauf hab ich mich da eingelassen? Wie erzähle ich einem Erwachsenen, dass ich will, dass alles wieder normal ist?

»Ich möchte, dass alles wieder normal ist«, sagte ich.

»Wie meinst du das?«, fragte der Doktor.

Ich schaute ihm kurz in die Augen, um zu sehen, ob er mich auch kindlich genug fand. Ich glaube, das hatte ich ganz gut hingekriegt.

»Sie benehmen sich komisch«, sagte ich.

»Wer?«

»Alle«, sagte ich.

Der Doktor wartete einen Moment, aber ich sagte extra nichts.

»Gut«, sagte der Doktor, »dann nenn mir mal jemanden, der sich komisch benimmt.«

»Meine Mutter«, sagte ich.

»Was macht sie denn Komisches?«, fragte er.

Ha, endlich hatte ich ihn da, wo ich ihn haben wollte. »Sie geht nicht zur Arbeit«, sagte ich.

»Findest du das komisch?«, fragte der Doktor.

Ich hielt den Mund. Ich sah, dass er nachdenken musste.

»Du verstehst doch sicher, weshalb sie zu Hause bleibt?«

»Ja«, sagte ich.

»Willst du's mir dann mal erklären?«, fragte er.

Sehr gut! Jetzt konnte ich es sagen! Oder noch nicht? Ich zögerte, ich merkte, wie ich rot wurde. Ich sag es, dachte ich. Aber ich sag es absichtlich verkehrt. Das ist besser. »Sie geht nicht zur Arbeit, weil sie Angst hat, dass ich einen Niederschlag kriege«, sagte ich. (Manchmal muss man sich ein bisschen dümmer stellen, als man ist.)

»Einen Niederschlag?«, fragte der Doktor. »Meinst du vielleicht einen Rückschlag?«

»Ach ja«, sagte ich. »Einen Rückschlag.«

»Das ist doch sehr lieb von ihr, findest du nicht?«, fragte der Doktor. »Sie will dich nicht allein lassen, für den Fall, dass du einen Rückschlag bekommst.«

»Ja«, sagte ich. »Und jetzt warten sie alle auf den Rückschlag. Aber der kommt einfach nicht.«

Ich hatte Angst, dass ich zu schnell war. Ich schaute zu Boden und wartete ab.

»Aha!«, rief er. »Da liegt der Hase im Pfeffer!«

»Ja«, sagte ich. Am liebsten hätte ich gesagt: Und das ist Ihre Schuld, aber ich hielt den Mund. Ich merkte, dass er versuchte, mich anzugucken, aber ich sah zu Boden.

»Also, wenn ich es richtig verstanden habe ...«, begann er, »... nein, warte, ich verstehe es. Nein, das geht natürlich nicht, nein. Das ist nicht gut, da hast du völlig Recht. Lass mich mal eben überlegen ...«

Ich ließ ihn in Ruhe überlegen. Da kann man sich am besten zurückhalten. »Ich find es natürlich ganz toll, dass sie zu Hause ist«, sagte ich nach einer Weile, »das schon.«

»Ja, nein, ich sehe das Problem«, sagte der Doktor. »Soll ich ihr raten, nächste Woche wieder zur Arbeit zu gehen? Vielleicht ist das für *sie* ja auch besser.«

»Und für die alten Leute«, sagte ich. Das war vielleicht ein bisschen zu naseweis, denn der Doktor sah mich eine Weile prüfend an.

»Gut«, sagte er dann. »Ich rede mit ihr. Ist das in Ordnung?«

»Ja«, sagte ich. Dann durfte ich gehen.

Ich war überrascht, dass der Doktor mich so gut verstanden hatte. Die sind heutzutage sooo auf Zack!

Etwas ist weg, was
ich früher besaß
etwas Kleines, etwas Zartes
ein liebes, fröhliches Lied.
Dort, wo es war
ist jetzt ein Fleck
und in der Mitte steckt
ein Kummer, unerwartet.

Eine Woche darauf geht meine Mutter wieder zur Arbeit. Ich liege auf dem Sofa und starre an die

Decke. Ich hab zu nichts Lust. Ob das mein Niederschlag ist? (Kleiner Scherz!) Ich bin froh, dass ich allein bin und keiner mich sieht.

Mimun, denke ich, warum lässt du mich im Stich?

NEUNTES KAPITEL ÜBER WEGERICH, ÜBER UNKRAUTVERTILGUNGSMITTEL UND ÜBER SPIEKS RAUMSCHIFF

»Morgens ist die Welt am schönsten«, sagt Oma. »Wenn der Nebel überm Land liegt und die Vögel gerade aufgewacht sind.«

Wir stehen im Garten und schauen über die Wiesen. Die Sonne ist eben erst aufgegangen und es ist kalt. Ich zittere ein bisschen. Wenn ich bei Oma und Opa bin, werde ich immer früh wach. Das geht ganz von selbst. Aber ich kann noch so früh dran sein, Oma ist immer schon auf. Wenn ich ins Wohnzimmer komme, duftet es schon nach Kaffee. Ich trinke nie Kaffee, nur morgens zusammen mit Oma. Sie sagt nicht viel, aber es ist trotzdem nett.

»Und wenn man Kummer hat, gibt es nichts Besseres als die aufgehende Sonne und das erste Vogelzwitschern«, sagt Oma.

Ich gucke sie von der Seite an. Ich weiß, dass sie Kummer hat. Wegen Spiek natürlich. Aber vielleicht meint sie jetzt gar nicht ihren eigenen Kummer.

»Man guckt und lauscht«, sagt Oma, »und man weiß, dass das Leben da draußen einfach weitergeht. Ein neuer Tag bricht an, jedes Mal wieder.«

»Ja«, sage ich.

»Und man weiß, dass man dazugehört«, sagt Oma. »Dass man was tun kann. Für die Pflanzen, die Tiere und die Menschen.«

»Was denn?«, frage ich.

»Na, was denkst du wohl?«, fragt Oma. »Was denkst du, wie Opa ohne mich dran wäre? Oder deine Mutter ohne dich? Hm? Was denkst du? Was denkst du, was ich alles für Opa tue und du für deine Mutter?«

Ich nicke. Mir fallen keine Worte für das ein, was sie meint, aber ich verstehe sie wohl.

Sie sagt nichts mehr. Wir gehen durch den Garten. Wir lauschen. Ich höre Oma atmen.

»Kennst du die Bäume noch?«, fragt Oma.

»Na klar«, sage ich. »Das ist eine Linde. Und da steht eine Esche. Das ist ein Holunder und das ist eine Pappel. Ich kenne sie alle noch.«

»Schön«, sagt Oma. »Sollen wir heute ein paar von den kleinen Pflanzen lernen?«

»Gut«, sage ich.

Sie zeigt mir den Wegerich, die Akelei, den Gundermann und das Weidenröschen. Sie sind verblüht, weil es Herbst ist. Ich muss sie an den Blättern erkennen.

Auf einmal sehe ich sie überall. Den Wegerich, die Akelei, den Gundermann und das Weidenröschen. Ich verstehe gar nicht, wie ich sie früher übersehen konnte. »Mehr«, sage ich. »Ich will sie alle kennen, Oma.«

»Zwei noch«, sagt Oma. »Nicht zu viele auf einmal.«

Sie zeigt mir die kleinen Blättchen der Braunelle im Gras und die großen Blätter vom Huflattich. Ich finde sie überall, im ganzen Garten. Sechs verschiedene Pflanzen! Darauf bin ich ganz schön stolz, aber ich sehe auch, dass es bestimmt hundert Pflanzen gibt, die ich noch nicht kenne. »Mehr, Oma«, sage ich.

»Später«, sagt Oma. »Sieh erst mal zu, dass du diese behältst.«

Nur sechs Pflanzen, denke ich. Ich pflücke ein Blättchen von allen sechs ab. Die vergesse ich nie mehr im Leben. Bestimmt nicht.

Als wir reinkommen, sitzt Opa am Küchentisch. Er liest Zeitung, und ich weiß, dass ich ihn dann nicht ansprechen darf. Aber wenn er die Zeitung fertig gelesen hat, überrasche ich ihn mit Wegerich, Akelei, Gundermann, Weidenröschen, Braunelle und Huflattich. Ich lege sie schon mal vor ihn auf den Tisch. Es ist schön, Sachen zu wissen. Ich will alles wissen. Alles!

»Alles Unkraut«, sagt Tom, als ich ihm von den Pflanzen erzähle.

»Ja«, sage ich. Unkraut?, denke ich. Ob das stimmt?

»Außer Akelei vielleicht«, sagt Tom. »Aber der andere Kram, das ist alles Mist.«

»Ach«, sage ich. »Oma hat damit kein Problem.«

»Wir schon«, sagt Tom. »Wir spritzen das alles kaputt.«

Wir haben in der Schule über die Umwelt gesprochen und ich bin gegen Gift in der Landwirtschaft. »Das dürft ihr nicht tun«, sage ich. »Das Gift kommt nämlich in die Nahrungskette.«

»In die was?«, fragt Tom.

Ich sage es noch mal.

»Aha«, sagt Tom. Man sieht ihm an, dass er noch nie was von der Nahrungskette gehört hat. Und der will Bauer werden! »Wir benutzen kein Gift, wir benutzen Unkrautvertilgungsmittel«, sagt er.

»Na, dann ist es ja gut«, sage ich. (Er merkt nicht, dass ich mich über ihn lustig mache.)

Eine Weile sagen wir nichts. Wir hängen überm Brückengeländer und schauen ins Wasser im Kanal.

»Weißt du noch, dass ich dir was Verrücktes sagen wollte?«, fragt er.

»Ja«, sage ich, »aber du hast es nicht gesagt.«

»Nein«, sagt Tom. »Vielleicht sag ich es nie.«

»Gute Idee«, sage ich, aber ich spüre, wie mein Herz schneller schlägt.

Er nimmt einen Stein und wirft ihn ins Wasser.

Sofort höre ich ein gewaltiges Platschen. Im Wasser spritzt und strudelt es.

»Was ist das?«

»Ein Karpfen«, sagt Tom. »Der hat gedacht, er kriegt was zu fressen.«

Es platscht und spritzt noch eine ganze Weile.

»Willst du später vielleicht Bäuerin werden?«, fragt Tom.

»Nein!«, lüge ich. Ich merke, dass ich knallrot werde. »Wie käm ich denn dazu!«

»Ach«, sagt Tom. »Ich dachte, du ...«

»Na, dann bist du schief gewickelt, ich werde nämlich was ganz anderes. Ich werde Dichterin.« Ich weiß nicht, warum ich lüge. Ich will nichts lieber als Bäuerin werden! *Und* Dichterin!

»Macht nichts«, sagt Tom.

Er wirft noch einen Stein ins Wasser, aber der Karpfen glaubt nicht mehr daran.

»Sollen wir dann ein Stück fahren?«, fragt er.

»Nein«, sage ich. »Ich muss nach Hause.«

Ich gehe über die Brücke. Ich drehe mich nicht um. Mein Herz klopft mir im Hals. Was ist bloß mit mir los?

»Telefon für dich«, sagt Opa. Er drückt mir den Hörer in die Hand. Ich horche. Ich höre ein Kraken.

»Hallo, bist du dran, Polleke?« Es ist Spiek!

»Ja«, sage ich.

»Hier ist Gerrit, hier ist Papa.«

»Ja.«

»Nicht mehr lange, dann bin ich bei dir.«

»Aha.«

Ich horche auf das Geräusch. Es klingt, als wäre Spiek in einem Raumschiff. Seine Stimme kommt von ganz weit weg.

»Du wirst mich nicht wiedererkennen«, sagt Spiek. »Ich hab mich völlig verändert.«

»Aha.«

Ich schätze, er ist ungefähr bei der Venus.

»Du sagst nicht viel, Polleke. Erzähl mal was.«

Ich überlege. »Weißt du, wie Wegerich aussieht? Und Akelei und Huflattich? Ich ja.«

»Aha.«

»Wie bald kommst du zurück?«

»Ziemlich bald. Sorgst du gut für dein Kalb?«

»Ja.«

»Weißt du, was man hier sagt? ›Wer für eine Kuh sorgt, sorgt für Gott.‹«

Eine seltsame Stimme sagt etwas in einer seltsamen Spache, mitten durch Spiek hindurch.

»Spiek?«

»Ja?«

»Weißt du jetzt, was du auf der Welt sollst?«

»Ich glaub schon.«

»Dann komm mal bald.«

»Mach ich. Aber erst muss ich von diesem Berg runter, ganz nach unten.«

»Okay«, sage ich. »Hauptsache, du kommst.«

»Bis bald, Polleke.«

»Bis bald, Papa.«

Klick, macht das Telefon. Plötzlich ist es still. Spieks Raumschiff schwebt irgendwo im All und schweigt.

»Lasst uns beten«, sagt Opa am Tisch. »Herr im Himmel, wir danken dir, dass du Gerrit in seinem Kampf zur Seite stehst. Hilf ihm, sicher aus den Bergen zurückzukehren. Lass ihn glücklich werden in unserem kleinen flachen Land, wo er hingehört. Amen.«

»Amen«, sagt Oma.

»Amen«, sage ich.

»Möchtest du noch was beten?«, fragt Opa.

Ich nicke und falte die Hände. »Ich glaube nicht, was Papa sagt, aber ich *möchte* es gern. Amen.«

»Amen«, sagt Oma.

»Amen«, sagt Opa.

ZEHNTES KAPITEL ÜBER EINEN BÄREN AUS PAPIER UND DARÜBER, DASS ES KEINE DUMMEN FRAGEN GIBT ODER DOCH

»Hattest du in Mexiko auch einen Bären?«, frage ich Consuelo. Denn sie hat natürlich wieder Sub auf dem Schoß. Ich versuche, ihr beizubringen, wie man dividiert, aber sie ist mit ihren Gedanken nicht bei der Sache.

»Ich? Nein«, sagt sie.

Das finde ich komisch. Wieso war sie dann gleich so verrückt nach Sub?

»Ich hatte Bild von Bär«, sagt sie. »Foto. Gekriegt von Papa. Hat ausgeschneidet und mir gegeben. Das an die Wand ge… äh … gemacht. Immer geguckt und an Papa gedenkt.«

Ich versuche, mir zusammenzureimen, was genau passiert ist. Offenbar hat Consuelos Vater einen Bären aus einer Zeitschrift ausgeschnitten und Consuelo mitgebracht. Warum hat er ihr nicht einfach einen Teddybären gekauft?

»War das ein echter Bär oder ein Teddybär?«, frage ich.

»War Teddybär, ganz viel wie Sub«, sagt Consuelo.

»Hatten andere Kinder in deinem Dorf denn einen echten Teddybären?«, frage ich.

Consuelo guckt mich an. Ich glaube, sie findet die Frage merkwürdig. »Nein«, sagt sie. »Niemand.«

Ein Foto von einem Teddybären hatte sie! Mehr nicht! Als sie in die Niederlande kam und Sub sah, muss das für sie wie ein Märchen gewesen sein. Das Bild, das sie von ihrem Vater bekommen hatte, war auf einmal Wirklichkeit geworden! Für sie ist Sub nicht einfach nur ein Bär. Er ist eine Erinnerung an ihren toten Vater. Das muss man sich mal vorstellen!

Consuelo spricht doch schon gut, oder? Ich habe es ungefähr so aufgeschrieben, wie es sich anhört. Ich finde es super, auch wenn sie noch ein paar Fehler macht. Von jetzt an schreibe ich es so auf, wie sie es meint, ohne Fehler.

»Erzähl mal genau, was mit deinem Vater passiert ist«, bitte ich sie.

Consuelo schüttelt den Kopf. »Das tu ich nicht. Das ist eine schlimme Geschichte.«

»Das kann ich schon ab«, sage ich.

»Nein«, sagt Consuelo.

»Na, dann nicht«, sage ich. Ich bin ein bisschen wütend. Was denkt die sich? Ich bin doch nicht mehr fünf! »Wenn du nichts erzählen willst, pass auf. Hier, rechne das aus: 624 geteilt durch 26.« Ich lege den Stift auf das Blatt Papier und warte. Aber Consuelo nimmt den Stift nicht. Als ich sie böse angucke, sehe ich Tränen in ihren Augen. Ich könnte mir eine scheuern! Jetzt hab ich die liebe Consuelo mit meiner blöden Fragerei zum Weinen gebracht! Ich lege ihr einen Arm um die Schultern. »Tut mir leid«, sage ich. »Ich wollte dich nicht …«

»Egal«, sagt sie. »Papa war einfach da. Er hat nichts gemacht. Nur weil er Indianer ist. Darum. Er ist schnell weggelaufen. Dann waren da Schüsse. Er ist umgefallen. Tot.«

O Gott, Consuelo! Was soll ich sagen? Was soll ich tun?

»Er war nicht der Einzige. Fast alle Männer aus unserem Dorf.« Consuelo drückt Sub an ihr Gesicht und schluchzt in seinen weichen Bauch.

»Und dann?«, frage ich vorsichtig. »Was ist dann passiert?«

Consuelo legt Sub mit dem Gesicht nach unten auf ihren Schoß. Sie klopft ihm sanft auf den Rücken, als sollte er ein Bäuerchen machen. »Das sag ich nicht«, sagt sie. »Nie.«

Ich glaube, ich weiß, was passiert ist, aber ich frage nicht weiter. Ich muss an den schrecklichen Mann im Auto denken. Ich kriege Gänsehaut. Ich will Consuelo nicht zum Weinen bringen und mich selbst auch nicht.

»Darf ich Sub mal haben?«, frage ich. Ich nehme Sub und krieche mit ihm hinters Sofa. Dann lasse ich meine Hand unter Subs Kleidchen verschwinden. Sub ist nämlich ein Bärenjunge mit einem Kleid. Für Bären ist das ganz normal. Ich halte die Hand hoch und setze Sub auf die Rückenlehne vom Sofa. Consuelo sieht Sub, aber mich sieht sie nicht.

»Sub«, sagt Sub mit tiefer Stimme. Er winkt mit der rechten Tatze.

»He, Sub!«, ruft Consuelo. »Kannst du sprechen?«

»Sub«, sagt Sub. Mehr kann Sub nämlich nicht sagen. Wenn er versucht, »Consuelo« zu sagen, hört sich das so an: »SubsubSUBsub.«

Dafür kann er aber singen:

Sub sub, subbesubsub
Subbesubsub sub sub
Subbesubsub subbesubsub
Subbesubsub subbesub,

singt er, und dazu tanzt er ein lustiges Tänzchen.

Ich höre Consuelo kichern und fühle mich super. Es ist wie vor ganz langer Zeit, als ich vier war und Sub noch sub gesagt hat.

»Weißt du, was mit Consuelo passiert ist? Ich meine, in Mexiko?«, frage ich Walter am Abend.

Er schaut von der Zeitung auf. Er guckt zu meiner Mutter, dann guckt er zu mir. »Äh, nein«, sagt er.

Ich höre, dass er lügt.

»Sie spricht schon gut Niederländisch«, sagt er. »Du bist eine gute Lehrerin.«

Das stimmt, aber darüber will ich jetzt nicht reden.

»Warum darf ich das nicht wissen?«, frage ich.

»Im Krieg passieren schreckliche Sachen«, sagt meine Mutter.

Das weiß ich, ich gucke oft Nachrichten. Manchmal mache ich die Augen zu, so schlimm ist es.

»Ich will nur wissen, was mit Consuelo passiert ist, mehr nicht«, sage ich.

Walter legt die Zeitung weg und muss auf einmal unbedingt in die Küche. Meine Mutter seufzt und starrt in die Ferne. »Manche Dinge sind geheim«, sagt sie. »Auch wenn ich wüsste, was mit Consuelo passiert ist, würde ich es dir nicht erzählen. Ich kann nicht einfach weitererzählen, was ich über andere weiß. Das tut man nicht. Wenn du etwas über Consuelo wissen willst, muss sie dir das schon selber sagen.«

Walter kommt mit drei Gläsern von Omas Apfelsaft aus der Küche zurück.

»Bring du ihr mal Niederländisch und Rechnen bei«, sagt er. »Und stell keine Fragen. Wenn sie was erzählen will, kommt sie schon von selbst. Manchmal kann man jemanden mit Fragen ganz schön in die Enge treiben.«

Das verstehe ich. Plötzlich weiß ich, warum ich mich so mies fühlte, als ich Consuelo mit meinen Fragen zum Weinen gebracht hab. Man sagt zwar: »Es gibt keine dummen Fragen.« Aber das stimmt überhaupt nicht. Jetzt verstehe ich es wirklich.

Ich hörte sie zusammen unter der Dusche kichern. Ich musste lauschen, ob ich wollte oder nicht.

Wenn sie duschen, reden sie laut. Als ob sie taub wären.

»Nicht da!«, rief meine Mutter. »Das kitzelt!«

Ich weiß genau, wo es bei ihr kitzelt. An der Seite. Das kann sie nicht haben. Sie ist manchmal sooo kindisch!

»Au!«, rief Walter. »Nicht so doll!«

Meine Mutter sagte etwas, das ich nicht verstehen konnte.

»Du kennst deine eigene Kraft nicht!«, rief Walter.

Das stimmt. Meine Mutter ist stark. Vor allem ihre Hände. Wenn sie einen festhält, hat man sofort rote Flecken auf der Haut.

Sie kicherten wieder. Es hörte sich schön an. Ich war froh, dass sie nicht stritten.

»He, Superman«, rief sie. »Ich kann mich hier überhaupt nicht umdrehen.«

»Dann drehst du dich eben nicht um«, rief Walter.

»Ich will eine größere Dusche haben!«, rief meine Mutter.

»Die hier ist genau richtig«, sagte Walter. »Sonst würdest du dich ja umdrehen.«

»Hihihihihi«, kicherte sie. Sie klang wie ein kleines Mädchen.

Dann hörte ich, wie die Türen der Duschwand zur Seite geschoben wurden. Ich schlich wieder in mein Zimmer und hüpfte ins Bett. Ich nahm Sub in die Arme und knuddelte ihn. Vielleicht würden ja doch noch alle glücklich werden. Man konnte nie wissen.

ELFTES KAPITEL ÜBER SCHLIMMEN KUMMER UND KARINJO

Es ist wirklich passiert! Ich hab es mir nicht ausgedacht. Weil Mimun nie mehr mit in den Park kam, ging ich allein. Ich wollte über Mimun und mich nachdenken. Darüber, wie es weitergehen sollte, denn so, wie es jetzt war, machte es mich nur krank.

Also fuhr ich mit dem Rad zum Park. Ich wollte mein Fahrrad an »unseren« Baum lehnen (einen Ahorn), aber da standen schon Räder. Und ich hab immer noch nichts kapiert. Oder ich wollte es nicht kapieren. Ich weiß es nicht. Ich warf mein Rad gegen die beiden anderen Räder und machte mich auf die Suche. Wonach? Im Nachhinein weiß ich es natürlich. Aber in dem Moment? Ich lief ein paar Wege ab und guckte an den Stellen, an denen Mimun und ich oft waren. Und da sah ich sie. Ich dachte, mein Herz bleibt stehen. Ich sah Mimun. Und ich sah Caro. Sie standen nah beieinander. Was sage ich? Sei ehrlich! Sie standen aneinander gepresst. Sie küssten sich. Caro hatte die Augen zu und sah furchtbar affig aus. Bestimmt machte sie einen Filmstar nach. Keuchend blieb ich stehen und guckte und guckte und guckte. Mir wurde schlecht vor Wut. Ich glaube, das war das Schrecklichste, was mir je passiert ist. Mein Freund küsst meine beste Freundin in *unserem* Park! Manchmal wünsche ich mir, ich hätte etwas Bestimmtes nicht gesehen. Zum Beispiel etwas in einem Film. Etwas Ekliges, was mir hinterher noch lange im Kopf rumspukt. Dann denke ich: Warum hab ich da bloß hingeguckt? Aber das hier war schlimmer als alle ekligen Filme zusammen.

Sie sahen mich nicht. Ich weiß noch, dass ich dachte: Du stehst hier und glotzt wie ein dämliches Schaf. Geh weg oder tu was. Also tat ich was.

Das war vielleicht nicht so schlau. Vielleicht hätte ich lieber weggehen sollen, aber das tat ich nicht. Ich ging auf sie zu. Caro machte die Augen auf, aber erst als ich ganz nah war, sah sie mich, über Mimuns Schulter hinweg. Ihren Blick werde ich nie vergessen. Sie traute ihren Augen nicht. Sie starrte mich an, als wäre ich ein Gespenst, und so fühlte ich mich auch. Ein schreckliches Gespenst mit rasselnden Ketten. Ich schubste sie beide, sodass sie auseinander taumelten.

»Sooooo!«, schrie ich. »Soooooo!«

Mir fiel so schnell nichts Besseres ein. Sie standen da und guckten mich blöd an.

»Deshalb wolltest du also nicht mit zum Park, was?«, schrie ich Mimun an. Ich fand selbst, dass das ein dummer Spruch war.

»Und du willst also meine beste Freundin sein?«, schrie ich Caro an. Auch nicht gerade besonders schlau.

Sie wagten mich nicht anzugucken.

»Wir sind verliebt«, flüsterte Caro mit gesenktem Kopf. »Da kann man nichts gegen machen.«

Das war das Allerdämlichste, was sie sagen konnte. Verliebt! So ein Schwachsinn!

»Wieso kann man da nichts gegen machen?«, brüllte ich. »Kannst du nicht erst anständig Schluss machen? Und du, kannst du dich nicht beherrschen, bis er Schluss gemacht hat? Na, ich weiß jedenfalls, was *ich* mache. Ich mache mit euch beiden Schluss! Für immer und ewig!«

Ich drehte mich um und ging weg. Eigentlich wollte ich weg*rennen*, aber ich zwang mich dazu, langsam zu gehen. Als würde ich spazieren gehen. Wie ich Spazierengehen hasse!

Meine Beine waren so schwer, als müsste ich durch Sirup waten. Mit meinen Augen stimmte auch was nicht, es war, als wäre ein Schleier davor, der mich blind machte. Consuelo, dachte ich. Consuelo. Ich sah ein Bild von einem Teddybären an einer Wand in Mexiko. Einen erschossenen Vater. Ich dachte an meine Mutter, die um Spiek weinte, als er sie verlassen hat, um Sina zu heiraten. So viel Leid! Wie konnte man so was ertragen? Ich dachte an Oma und Opa. Wie konnten sie an Gott glauben? Wenn es einen Gott gäbe, würden solche Sachen nicht passieren. Ich dachte an Spiek auf seinem Berg in Nepal. Fall bloß nicht, dachte ich. Nicht fallen! Schritt für Schritt nach unten, bitte. Ich will nicht noch jemanden verlieren.

Ich nahm mein Rad und fuhr wie ein Zombie nach Hause. Es ist aus, dachte ich. Ich hab keinen Freund mehr und auch keine beste Freundin. Es ist vorbei.

Als ich in unsere Straße einbog, sah ich Consuelo vor der Tür stehen. Offenbar wartete sie auf mich. Ich warf mein Rad an die Mauer und ging zu ihr. Da erst sprangen mir die Tränen in die Augen. Consuelo sah es. Sie schlang die Arme um mich. Ich weinte. »Nicht weinen, Karinjo«, flüsterte sie mir ins Ohr. Wir gingen ins Haus und saßen Hand in Hand auf dem Sofa. Mitten in meinem Geflenne dachte ich: Muss ich gleich mal nachschlagen, das Wort. Karinjo.

»Heute Abend sind die Geschäfte lange auf«, sagte meine Mutter. »Sollen wir nach Kleidern gucken?«

Ich lag auf dem Sofa. »Wofür?«, fragte ich.

»Für die Hochzeit, du Schusselchen.«

Ach ja. Genau. »Nee«, sagte ich. »Keine Lust.«

Meine Mutter sah mich prüfend an.

»Nein«, schnauzte ich. »Ich hab *keinen* Rückschlag.«

»Aha«, sagte sie. »Was hast du dann?«

»Einfach nur keine Lust.« Ja, klar, ich geh mal fröhlich Kleider kaufen für die Hochzeit! Das macht ja bestimmt Spaß! »Kannst du nicht das Kleid von deiner letzten Hochzeit anziehen?«, fragte ich.

Aua! Was für ein übler Spruch! Ich guckte sie an und wusste sofort, dass ich das fieseste Miststück der Welt war. Wenn man so eine Tochter hatte!

»Na gut«, sagte sie, »dann gehen wir ein andermal.«

Sie ist sooo lieb, echt wahr. Ich nicht. Ich bin so ein gemeiner kleiner Kläffer mit spitzen Zähnen. Warum erzähle ich ihr nicht, was passiert ist? Darum nicht.

»Wie geht's eigentlich Mimun?«, fragte sie.

Manchmal ist es ganz schön, dass meine Mutter weiß, warum ich schlechte Laune hab, aber es ist nicht schön, dass sie es *immer* weiß. Wie soll man Geheimnisse für sich behalten, wenn man so eine Mutter hat?

Ich gab keine Antwort.

»Nicht gut?«, fragte sie.

»Ist mir doch egal!«, rief ich.

Sie sah mich an und nickte. »Ich verstehe«, sagte sie und ging in die Küche.

Manchmal kann ich sie nicht ausstehen. Wie sie das gesagt hat! »Ich verstehe.« Als hätte sie den totalen Durchblick!

Sie brachte etwas zu trinken mit, aber ich rührte

das Glas nicht an. Ich hatte keinen Durst. Ob es wohl sehr schlimm ist zu sterben? Im Arzneischrank steht ein Röhrchen mit Schlaftabletten.

»Alles geht einmal zu Ende«, sagte sie. »Sogar die Liebe.«

»Aha«, sagte ich. »Und warum heiratest du dann?«

Meine Mutter lächelte. »Weil ich glaube, dass es diesmal nicht zu Ende geht. Wider besseres Wissen.«

Ich wollte etwas Gemeines antworten, aber mir fiel so schnell nichts ein. Kurz darauf hatte ich keine Lust mehr, etwas Gemeines zu sagen. Das lag an ihrem Gesicht. Manchmal guckt sie so, dass ich schmelze. Ich weiß nicht, wie sie das macht. Aber all meine Wut und Gemeinheit schmelzen davon weg.

»Wozu braucht man eigentlich einen Mann?«, fragte ich.

»Zu gar nichts«, sagte sie, »aber manche sind schon ganz witzig.«

»Ach ja?«, sagte ich. »Na, also gut, dann gehen wir die Kleider kaufen.« Ich hievte mich hoch.

»Nur gucken«, sagte meine Mutter. »Noch nicht kaufen. So weit bin ich noch nicht.«

Ich glaube, ich lebe doch noch eine Weile weiter. Aber wenn es noch ein kleines bisschen schlimmer wird, dann mache ich Schluss. Ist ja ganz einfach.

Ich bin eine Birke im herbstlichen Wald
und möchte mich an einen Ahorn schmiegen
doch der ist viel zu weit.
Ich lass meine Blätter fliegen.

Ich hab »Karinjo« im Wörterbuch gesucht, aber ich konnte es nicht finden.

In der Schule sah ich Caro und Mimun zum ersten Mal seit dem Horror im Park wieder. Ich guckte sie nicht an. Caro schrieb mir einen Zettel: *Mit mir und Mimun ist schon wieder Schluss. Bist du noch sauer? Deine beste Freundin Caro.*

Aber ich antwortete nicht. Ist die jetzt komplett verrückt? Was denkt sie sich bloß!

Mimun ließ nichts von sich hören. Das fand ich ganz in Ordnung. Hat ja doch keinen Sinn mehr.

Ich habe immer neben Caro gesessen, aber jetzt fragte ich den Lehrer, ob ich mich neben Consuelo setzen könnte, und das ging.

Ich hab den Lehrer gefragt, was »Karinjo« bedeutet. Man schreibt es nicht »Karinjo«, sondern

»cariño«, mit so einem Schlängel auf dem n. Es bedeutet »Liebling« oder »Schatz«. Consuelo hat also gesagt: »Nicht weinen, mein Schatz.« Süß, oder? Consuelo ist jetzt meine beste Freundin, das ist ja klar. Hoffentlich findet sie das auch. Ich hab gefragt, ob Consuelo zusammen mit mir Brautjungfer sein darf, und sie darf!

Consuelo
cariño mío
ich freu mich, dass du hier bist
und dass du Niederländisch sprichst
mit Spanisch vermischt
das ich allein sehe
das ich allein verstehe.

Jetzt braucht Consuelo auch ein Kleid, das gleiche wie ich, nur ein bisschen kleiner. Das stelle ich mir toll vor, dann sehen wir aus wie Zwillinge. Ein Zwilling mit schwarzem Haar und ein Zwilling mit blondem Haar. Ein Indianerzwilling und ein… he, was bin ich eigentlich?

Consuelos Mutter hat kein Geld für ein Kleid, darum hab ich meine Spardose geleert und meine Mutter auch. Da war nicht so viel drin, deshalb hilft Walter mit.

ZWÖLFTES KAPITEL, IN DEM ES DARUM GEHT, WIE MAN AN EINEN BAUERNHOF KOMMT, WENN MAN EIN MÄDCHEN IST UND DER VATER KEIN BAUER IST

Ich stieg aus dem Bus und da stand Tom! Er hatte auf mich gewartet. Das war noch nie passiert, und ich war neugierig, was der Grund dafür war.

»Hi«, sagte er.

»Hi«, sagte ich.

»Ich hab auf dich gewartet«, sagte er.

»Ach ja?«, fragte ich. »Ich hab mich schon gefragt: Was macht Tom denn da?«

»Ach«, sagte er. »Na ja, ich hab auf dich gewartet.«

Nebeneinander gingen wir zum Haus von Oma und Opa. Das sind ungefähr zehn Minuten. Ich hatte meinen Rucksack auf dem Rücken. Darin saß Sub, sein Kopf guckte oben raus. Das sieht ziemlich gut aus, ich hab es im Spiegel gesehen.

»So eine Woche dauert ganz schön lang«, sagte Tom.

»Findest du?«, fragte ich.

»Ja«, sagte er. »Ich glaub, ich muss es jetzt doch mal sagen.«

Darauf sagte ich nichts. Ich wusste nicht so genau, ob ich es gut fand, dass er *es* sagen würde, aber ich wollte ihn auch nicht davon abhalten.

»Lachst du mich auch nicht aus?«, fragte er.

»Quatsch«, sagte ich. »Warum sollte ich?«

Tom zuckte die Schultern.

Wir gingen und gingen. Ein Schwarm Wildenten flatterte auf. Es hörte sich an, als würden sie Beifall klatschen. Klapperdiklapp.

»Was für eine Menge Enten, was?«, sagte ich.

»Das ist immer so im Winter«, sagte Tom. »Dann sieht man große Schwärme, weil die Jungen dann alle fliegen können. Willst du mit mir gehen?«

Es knallte.

»Sind da welche am Schießen?«, fragte ich.

»Am Jagen. Im August geht die Entenjagd los«, sagte Tom. »Siehst du die Strohballen? Dahinter verstecken sich die Jäger. Willst du mit mir gehen?«

»Worauf schießen sie denn?«, fragte ich.

»Auf Enten«, sagte Tom. »Was hast du denn gedacht?«

»Ojeee«, rief ich. »So was Gemeines! Warum machen sie das?«

»Ja, warum?«, sagte Tom. »Das ist eben ein Sport.«

Ein großer Entenschwarm flog übers Feld. Wieder ertönten Schüsse. Da sah ich es. Eine der Enten taumelte in der Luft. Dann fiel sie wie ein Stein herab und plumpste aufs Feld. Wieder ein Schuss. Ich guckte schnell weg.

»Bäh«, brummte ich. »So ein blöder Sport! Wer schießt denn aus Spaß Tiere über den Haufen? Da muss man doch ziemlich bescheuert sein!?«

»Willst du mit mir gehen?«, fragte Tom zum dritten Mal.

Die ersten beiden Male hatte ich es natürlich auch gehört, aber ich hatte versucht, darüber hinwegzureden. Ich hoffte, er würde damit aufhören, aber er hörte nicht auf. Ich musste antworten. Jetzt.

»Oder gehst du schon mit jemandem?«, fragte er.

»Nein«, sagte ich. Ich dachte an Mimun. Es stimmte, ich ging mit niemandem, aber ich musste mich noch daran gewöhnen. Ich sah ihn an. Er ist größer als ich, Mimun ist ein bisschen kleiner. Er hat blaue Augen, und ich bin es gewohnt, in schwarze Augen zu gucken.

»Aha«, sagte Tom. Ich hörte, dass er auf meine Antwort wartete. Wie konnte ich Nein sagen, ohne ihm wehzutun? Wollte ich überhaupt Nein sagen?

Ich dachte an die Bäuerin, die ich im Fernsehen gesehen hatte. Die war mit einem Bauern verheiratet gewesen, dann ist er gestorben und sie hatte den Bauernhof für sich allein. Das stellte ich mir schön vor, denn man kann doch gut Bäuerin und Dichterin zugleich sein. Oder etwa nicht? Aber man kann doch nicht mit jemandem gehen, nur weil man einen Bauernhof haben will? Angenommen, er stirbt dann gar nicht! Dann hockt man ein Leben lang da mit so einem Mann! Ich kicherte vor Schreck.

»Wusst ich's doch«, sagte Tom.

»Was?«, fragte ich.

»Du lachst mich doch aus, was?«

»Überhaupt nicht!«, rief ich. »Ich lache über was ganz anderes.«

Ich sah ihn von der Seite an. Er schaute ernsthaft in die Ferne. Hinter uns knallten die Schüsse. Ich wusste, dass ich diesen Jungen nie so lieben könnte, wie ich Mimun geliebt hatte. Nie. Also wusste ich auch, was ich sagen musste. Nein. Aber das sagte ich nicht. Ich sagte: »Ich werde drüber nachdenken.«

Das war so ziemlich die affigste Antwort, die ich mir hätte einfallen lassen können. Warum sagte ich nicht einfach: Nein, ich finde dich zwar sehr nett, aber nein.

»Weißt du, ich hatte einen Freund, und es ist gerade aus«, stammelte ich. »Ich will eigentlich mit niemandem gehen.«

»Ach so«, sagte er. »Aber du denkst drüber nach?«

»Ja«, sagte ich.

Du meine Güte, was bin ich doch manchmal für eine dumme Gans.

Ich half Oma beim Abwaschen. Wir sagten nichts. Das bin ich schon lange gewohnt. Ich finde es nicht schlimm, zusammen mit Oma nichts zu sagen. Es ist ganz nett, die Teller und Tassen klirren zu hören. Aber diesmal wollte ich etwas fragen. In meinem Kopf drehte ich alle möglichen Sätze hin und her. Ich wollte es nicht einfach so fragen, ich wollte es gut fragen.

»Als ihr geheiratet habt, Opa und du«, begann ich, »hast du Opa da sehr geliebt?«

Oma antwortete nicht sofort. Auch das bin ich gewohnt. Oma und Opa denken manchmal lange nach, bevor sie etwas sagen.

»Ich fand, er war ein tüchtiger Bursche«, sagte Oma. »Und sein Vater hatte einen Bauernhof. Und er war der älteste Sohn. Das war schon was.«

Ich traute mich nicht gleich zu sagen, was ich dachte. Aber ich konnte es doch nicht für mich behalten. »Also eigentlich«, sagte ich nach einer langen Pause, »eigentlich hast du ihn geheiratet, weil sein Vater einen Bauernhof hatte.«

»Und weil er der älteste Sohn war«, sagte Oma. »Sonst hat man ja nichts davon.«

»Aha«, sagte ich. »Also …« Ich brauchte den Satz nicht zu Ende zu sagen.

»Also wusste ich, dass er den Bauernhof später übernehmen würde«, sagte Oma. »Das waren gute Aussichten.«

Oma gab Antworten, die ich absolut nicht erwartet hatte. Sie sagte einfach, dass sie Opa geheiratet hatte, *um einen Bauernhof zu kriegen*!

»Aber das Wichtigste war«, sagte Oma, »dass er ein tüchtiger Junge war und dass ich ihn nett fand und gut aussehend, das war das Wichtigste.«

»Aha«, sagte ich. »Aber warst du verliebt?«

Oma sah mich an. Ich glaube, sie fand das eine komische Frage.

»Ach was! Verliebt nicht. Nie gewesen«, sagte sie. »Aber ich verstehe schon, was du fragen willst. Wie das dann mit der Liebe war. Das willst du natürlich wissen.«

»Ja«, sagte ich.

»Na, das ergab sich ganz von selbst«, sagte Oma. »Als wir erst mal verheiratet waren, mochten wir uns mit der Zeit immer lieber. Weil er ein guter Kerl war und ich ein gutes Mädchen. Verstehst du? Dann kommt die Liebe schon von selbst. Und weißt du, jetzt haben wir keinen Bauernhof mehr. Und wir lieben uns immer noch. Verstehst du? Im Nachhinein war der Bauernhof gar nicht so wichtig.«

Ich verstand es nicht so ganz, aber ich nickte trotzdem.

»Wenn ich heutzutage jung wäre«, sagte Oma, »würde ich keinen Bauern mehr wollen. Mit den Bauern in Holland ist es vorbei. Die gehen alle nach Kanada! Würdest du nach Kanada gehen? Zu all den Wäldern und Bären?«

»Und Indianern«, sagte ich. »Da wohnen viele Indianer.«

»Weißt du, was ich glaube?«, sagte Oma. »Mit einem Mann muss man ein bisschen Glück haben. Vorher kann man nie wissen, was das für einer ist. Ich hab einfach Glück gehabt.«

»Aha«, sagte ich.

Ich würde schon ganz gern nach Kanada gehen. Indianer! Bären! Wow! Vielleicht ist es doch nicht so übel, eine Weile über Tom nachzudenken. Sein Vater hat einen Bauernhof und er ist der älteste Sohn. Das ist schon was. (Hihihi, kleiner Scherz!)

DREIZEHNTES KAPITEL ÜBER INDIANERLÄNDER, ÜBER DAS SCHÖNSTE KLEID, DAS ICH JE HATTE, UND ÜBER EIN LÄCHELN

»Guck«, sage ich. »Das ist Kanada.« Ich zeige auf einen großen grünen Fleck auf der Karte. »Das hat den Indianern gehört.«

»Echt?«, fragt Consuelo erstaunt.

»Ja, und das hier auch.« Ich zeige auf die Vereinigten Staaten von Amerika. »Und das.« Ich fahre mit dem Finger über Südamerika. »Alles Land von den Indianern. Aber dann kamen die Weißen und die haben ihnen fast alles weggenommen.«

Consuelo lässt den Finger von Kanada bis zum südlichsten Punkt von Südamerika wandern. Sie seufzt. »Alles Indianerland?«, fragt sie.

Ich nicke.

»Warum?«, fragt sie. »Hattet ihr nicht genug Land?«

Ich finde es blöd, dass sie »ihr« sagt. Ich hab nichts getan. Ich hab niemandem sein Land weggenommen. »Pass auf«, sage ich. »Die Spanier haben die Niederlande erobert und später die Franzosen und noch später die Deutschen. Und wir haben Indonesien erobert. Jeder nimmt jedem Land weg.«

Consuelo nickt, aber ich sehe ihr an, dass sie kein Wort versteht. Ich verstehe es eigentlich auch nicht. »Und überall werden Väter erschossen, nicht nur Indianerväter. Vielleicht gehe ich später nach Kanada und werde da Bäuerin.«

»Aha«, sagt Consuelo. »Nimmst du den Indianern dann Land weg?«

»Nein, natürlich nicht«, sage ich. Ich bin ein bisschen erschrocken. Wie ist das eigentlich? Ist nicht das ganze Land in Kanada Indianerland?

Ich finde zwar, dass Consuelo wissen muss, was auf der Welt vor sich geht, aber das hier hätte ich wohl besser nicht erzählt. Jetzt denkt sie, dass die Bauern, die nach Kanada gehen, den Indianern Land wegnehmen! So ist es doch nicht, oder? Oder etwa doch?

»Weißt du, wo Nepal liegt? Hier.« Ich zeige darauf, dann klappe ich den Atlas zu. »Mein Vater kommt bald zurück«, sage ich. »Vielleicht ist er schon aus den Bergen raus. Er ist vielleicht schon unterwegs.«

»Was hat er da gemacht?«, fragt Consuelo.

»Nachdenken«, sage ich.

Consuelo nimmt das Wörterbuch. »Du mal das Wort nachschlagen«, sagt sie. Ich schlage es nach. »Meditar« heißt es auf Spanisch.

Consuelo nickt wieder. »O ja«, sagt sie. Ich sehe, wie sie nachdenkt. »Nachdenken«, sagt sie. »Mein Vater ist zum Nachdenken immer auf einen Baum geklettert. Wenn er zu viel getrunken hatte, ist er runtergefallen.« Sie kichert ein bisschen. Das finde ich schön, denn Consuelo lacht nicht viel. Ich lege ihr einen Arm um die Schultern.

»Sollen wir später zusammen nach Indianerland gehen?«, frage ich. »Sollen wir zusammen einen Bauernhof aufziehen?«

»Ja«, sagt sie. Wenn Consuelo so lächelt, dass man all ihre Zähne sieht, ist das unglaublich. Sie öffnet sich wie eine Blume. Mir wird ganz schwummrig davon.

Ich denke: Vielleicht findet deine Mutter ja einen neuen Vater für dich. Hoffentlich.

Es klingelt. Ich mache die Tür auf. »Hi«, sagt Mimun.

Pock! Pock! Pock!, macht der Specht.

»Hi«, sage ich so gleichgültig wie möglich.

Er schaut zu Boden. »Tut mir leid«, sagt er.

»Okay«, sage ich. »War's das?«

»Ja«, sagt er. Er sieht mich ängstlich an mit seinen schwarzen Augen.

»Na gut«, sage ich. Ich mache die Tür zu. Ich drehe mich um und lehne mich mit dem Rücken an die Tür. Mir ist schwindlig und elend. Mal kurz hinsetzen. Ich lasse mich hinabgleiten, bis ich auf

der Fußmatte sitze. Der Specht hämmert wie verrückt. Wenn er noch mal klingelt, mache ich auf, und es ist wieder gut, das weiß ich genau. Aber er klingelt nicht noch mal. Ich höre, wie er weggeht. Es ist ein fieses Geräusch.

Wir sind alle drei in Blau. Meine Mutter hat ein dunkelblaues Kleid und Consuelo und ich haben beide ein hellblaues. Sooo toll! Aber Walter darf es noch nicht wissen. Das ist ganz schön spannend, denn ich kann kaum den Mund halten. Consuelo und ich haben stundenlang vorm Spiegel gestanden. Wir haben alles Mögliche mit unseren Haaren ausprobiert. Auf der Hochzeit stecken wir die Haare hoch, weil wir uns dann am ähnlichsten sehen. Ich weiß nicht, warum, aber so ist es.

Ich hoffe, dass Spiek rechtzeitig zur Hochzeit kommt. Mama und Walter sagen, er darf dabei sein. Dann kann er gleich sehen, wie ich in meinem schönen Kleid aussehe. Da wird er aber Augen machen! Als er mich zuletzt gesehen hat, war ich ja erst elf. Jetzt bin ich zwölf und total verändert, vor allem wenn ich mein neues Kleid anhabe und die Haare hochgesteckt!

Für neue Jacken war kein Geld da. Ich hab das schöne neue Kleid mit meiner alten Jacke anprobiert. Das sieht grauenhaft aus! Hoffentlich ist es brütend heiß auf der Hochzeit. Mitten im Winter. Dann kann ich ohne Jacke gehen.

Mimun ist viel zu klein für mich. Eigentlich ist er noch ein richtiges Jüngelchen. Ich hab noch nie so ein schönes Kleid gehabt. Wenn ich das anhab und Mimun mich sieht, tut es ihm noch viel mehr leid. Gut so. Soll er doch mit Caro im Park rumknutschen. Ohne mich! Ich glaube, ich will keinen Freund mehr.

Ich gehe ins Wohnzimmer. Meine Mutter telefoniert.

»Gut«, sagt sie, »aber jetzt muss ich auflegen.«

Aber sie legt nicht auf. Sie hört zu und guckt mich an. Mir wird ganz komisch. Es sieht ganz so aus, als würde sie etwas vor mir verbergen.

»Darauf kann ich jetzt nicht eingehen«, sagt sie. »Mach mal, wie wir's verabredet haben, dann reden wir später weiter.«

Sie legt auf. Sie guckt mich an, wird ein bisschen rot und geht dann in die Küche.

»Wer war das?«, frage ich.

»Och«, sagt sie, »kennst du nicht.«

Ich verstehe nicht, warum sie lügt.

»Ich darf es wohl nicht wissen?«, frage ich.

»Doch, doch«, sagt sie. Aber sie verrät es nicht. Sie ist wahnsinnig nervös und das macht mich ganz kribbelig. »Erzähl's mir lieber gleich«, sage ich. »Du kannst ja doch kein Geheimnis für dich behalten.«

»Es ist kein Geheimnis«, sagt sie. Sie lächelt. Es ist so ein Lächeln, von dem man ein ganz komisches

Gefühl im Bauch kriegt. »Es ist eine Überraschung und mehr verrate ich nicht.«

»Och, komm schon«, quengele ich. »Ich erzähl dir auch immer alles.«

Sie lächelt wieder. »Du musst schon ein bisschen Geduld haben«, sagt sie. »Schwierig, was?«

»Schwierig nicht«, sage ich, »aber saublöd.«

Sie prustet los.

Ich laufe nach oben und schließe mich ein. Ich bin mir sicher, dass sie mir nachgelaufen kommt und mir alles erzählt, um es wieder gutzumachen. Aber sie kommt nicht. Ich warte fast eine halbe Stunde, dann gehe ich wieder nach unten. Sitzt sie seelenruhig da und liest ein Buch! Als ob nichts wäre!

»Schönes Buch?«, frage ich wütend.

Sie schaut auf, nimmt die Brille ab und lächelt nur. Manchmal könnte ich ihr eine scheuern!

VIERZEHNTES KAPITEL, IN DEM ES DARUM GEHT, DASS SUB WIEDER SUB SAGT UND SEIN LIEDCHEN SINGT

Was für ein Tag!
Das Glück kommt
wie ein Donnerschlag.

»Komm schnell rein«, sagte meine Mutter mit strahlendem Gesicht. »Hier ist was Schönes.«

Sofort fing mein Herz an zu klopfen wie ein Specht. Ich zog schnell meine Jacke aus und wollte ins Wohnzimmer laufen. »Nein, warte«, sagte meine Mutter. »Erst ich. Warte hier, bis ich dich rufe.«

Sie ging hinein und ich wartete im Flur.

»Jetzt komm«, rief sie.

Ich ging hinein. Sie saß auf dem Sofa und guckte

mich an. Sie grinste breit, aber sie sagte nichts. Ich schaute mich im Zimmer um, aber ich konnte nichts Besonderes entdecken. »Was ist es denn?«, fragte ich ungeduldig.

»Gut hingucken«, sagte meine Mutter und grinste immer noch von einem Ohr zum anderen.

»Wohin?«, fragte ich. Ich mag keine Rätsel, weil ich sie nie errate. »Gucke ich in die richtige Richtung?« Ich schaute zur Küche hin.

»Sag ich nicht«, sagte sie. »Du musst es schon selber finden.«

Ich guckte sie wieder an. Sie saß kerzengerade auf dem Sofa. Einen Ellbogen hatte sie auf der Rückenlehne, den Kopf hatte sie in die Hand gestützt. Da sah ich Sub neben ihrem Ellbogen. Er saß oben auf der Rückenlehne.

»Warm«, sagte sie.

»Ist es Sub?«, fragte ich enttäuscht.

»Ja«, sagte sie.

»Ach so«, sagte ich. Ich sah noch mal genau hin. Es war einfach nur Sub, der auf der Rückenlehne des Sofas saß. Na und?

»Es ist was Besonderes mit Sub«, sagte meine Mutter. »Guck.« Sie stupste Sub an den Bauch, aber er fiel *nicht* runter. Ich wollte zu ihm hingehen, um zu gucken, wie das sein konnte, aber meine Mutter sagte: »Du bleibst da. Nimm dir einen Stuhl und setz dich.«

Ich setzte mich. Jetzt war ich mir sicher, dass irgendwas Merkwürdiges los war.

»Halt dich gut fest«, sagte meine Mutter. »Jetzt passiert nämlich was Besonderes. Sub kann wieder sprechen.«

»Jaja«, sagte ich.

»Willst du's hören?«, fragte sie.

Ich kicherte. Das war ein ganz lustiges Spiel.

»Sag mal was zu ihm.«

Ich sagte: »Hallo, Sub.«

Und da geschah es! Er sagte laut und deutlich: »Sub.« In genau dem richtigen Ton, mit genau der richtigen Stimme! Einer Stimme aus lange vergangener Zeit.

»Das warst du«, sagte ich ein bisschen erschrocken, aber ich wusste, dass das nicht stimmte.

»Glaubst du?«, fragte sie. »Na gut, dann setze ich mich neben dich.« Sie stand auf, nahm sich einen Stuhl und schob ihn neben meinen. »Frag Sub mal, ob er sein Liedchen für dich singt«, sagte sie.

»Ja, alles klar«, sagte ich. »Du hältst mich wohl für total beschränkt!« Das sagte ich, aber eigentlich hatte ich ein bisschen Angst. Das *konnte* doch nicht sein!

»Soll ich ihn fragen?«, sagte meine Mutter.

Ich antwortete nicht. Ich starrte Sub an, und da sah ich, dass sich sein Kopf bewegte! Da sitzt jemand hinter dem Sofa!, dachte ich. So muss es sein. Und trotzdem: Mit klopfendem Herzen schaute ich in Subs glänzende Augen. Ich *wusste,* dass jemand hinterm Sofa saß und Subs Kopf bewegte, und doch fühlte es sich so an, als wäre Sub lebendig, genau wie damals, als ich vier war.

»Sub?«, fragte ich. »Singst du ein Liedchen für mich?«

Es dauerte eine Weile. Sub beugte sich vor, als würde er nicken. Dann begann er, sein Liedchen zu singen:

Sub sub, subbesubsub
subbesubsub sub sub
subbesubsub subbesubsub
subbesubsub subbesub.

Ich lauschte der Stimme. Es war wirklich Subs Stimme. Echt, ganz eindeutig! Mir wurde schwummrig.

Mama legte ihre Hand auf meine. »Na? Was sagst du?«, fragte sie.

Ich wollte eigentlich sagen: Toll! Und: Aber auch ein bisschen unheimlich. Aber ich sagte nur: »Schön, aber es ist natürlich nicht echt. Da sitzt jemand hinterm Sofa.«

»Ja, aber wer?«, fragte sie. Sie guckte mich wieder so strahlend an, dass ich dachte, die Sonne geht auf oder so.

Ich schaute wieder zu Sub, der mit beiden Armen winkte. Ich hoffte etwas. Ich hoffte etwas ganz schrecklich doll, aber ich wagte es nicht zu sagen. Ich stand auf und ging in die Küche. Ich konnte es nicht mehr ertragen. »Mir doch egal!«, rief ich voller Angst. »Hört doch auf mit den Spielchen. Ihr wisst doch, dass ich Rätsel nicht leiden kann!«

Meine Mutter kam mir nach. Sie hielt mich fest und drückte mich an sich. »Sag es ruhig«, sagte sie. »Was glaubst du, wer hinterm Sofa sitzt? Jemand, den du ganz doll vermisst und den du lange nicht gesehen hast? Du brauchst keine Angst zu haben, dass er es nicht ist. Er ist es wirklich.«

»Spiek?«, fragte ich vorsichtig. Ich hatte doch noch ein bisschen Angst, dass sie jemand anderen meinte.

»SUBsubsub«, hörte ich Sub rufen.

Ich lief zurück ins Wohnzimmer und da stand Spiek hinterm Sofa mit Sub in der rechten Hand. Ich sprang aufs Sofa, das beinahe umkippte, und fiel ihm um den Hals.

»Subbesub«, hörte ich ihn brummen. Seine Stimme vibrierte an meiner Brust.

»Du bist es immer gewesen, stimmt's?«, flüsterte ich. »Früher auch, oder? Du warst Sub!«

»Sub!«, brummte Spiek.

Endlich ist er zurück! Und Sub kann wieder sprechen!

Erst als wir zu Ende geknuddelt hatten, sah ich, dass Spiek ganz verändert aussah. Er war ganz kahl geschoren! Ein Kopf wie eine Billardkugel. Er war braun. Er trug einen weiten roten Pullover über einer weiten roten Hose. Er hatte Sandalen an den bloßen Füßen, obwohl es eiskalt war, und er roch gut. Ganz merkwürdig, aber doch gut.

Ich setzte mich dicht neben ihn, aber ich wusste nicht, was ich sagen sollte. Am liebsten hätte ich den Daumen in den Mund gesteckt, aber das tat ich natürlich nicht.

Wir tranken etwas und meine Mutter und Spiek unterhielten sich. Hin und wieder schnappte ich ein paar Brocken auf, aber ich hörte nicht richtig zu. Ich war zufrieden und schläfrig. Ich brauchte nichts. Ich brauchte nur ihren Stimmen zu lauschen und Spiek dicht bei mir zu spüren. Mach, dass es immer so bleibt, dachte ich. Amen.

»Ein weiser Mann«, erzählte Spiek. »Er hat gesagt: Du hast versucht, die Leere zu füllen, doch die Leere ist nichts, wovor man sich fürchten muss.«

Ich lehnte den Kopf an seine Schulter. Er schlang einen Arm um mich.

»Mach einfache Arbeit, die du gut schaffen kannst«, erzählte Spiek. »Arbeite jeden Tag, bis du müde bist. Kümmere dich um die Menschen, die dir lieb sind. Geh früh schlafen und steh zeitig wieder auf …«

Ich dachte: Er redet genauso langweilig daher wie alle anderen. Vielleicht ist er ein normaler Mann geworden. Das wäre schön!

»Und dafür musstest du bis nach Nepal?« Meine Mutter kicherte. »Um *darauf* zu kommen?«

Ich fand es nicht nett von ihr, das zu sagen. Ich guckte Spiek an, aber der fand es nicht schlimm.

Er lächelte und sagte: »Für mich lag das Einfache in weiter Ferne.«

Beatrice Masini

Ballerina in Spitzenschuhen – Aller Anfang ist leicht

128 Seiten ISBN-10: 3-570-21711-6
ISBN-13: 978-3-570-21711-5

Die große Abschlussaufführung am Ende des Schuljahres ist der Lohn für all die langen, harten Trainingsstunden an der Ballettakademie. Typisch, dass schon wieder Zoes Lieblingsfeindin Laila die Hauptrolle bekommen hat! Und wird Leda, Zoes beste Freundin, an der Schule bleiben können? Trotz all der Aufregung verbringt Zoe viele vergnügte Stunden mit ihren Freunden. Dabei macht sie tief in ihrem Herzen eine Entdeckung, die sie nicht einmal Leda verrät ...

5314

omnibus

www.omnibus-verlag.de